笔墨丹心流诗行

——岁月凝思赋雅章

华礼 著

上海文艺出版社
Shanghai Literature & Art Publishing House

图书在版编目（CIP）数据

笔墨丹心流诗行 / 华礼著. —— 上海：上海文艺出

版社，2025. —— ISBN 978-7-5321-9338-7

Ⅰ．Ⅰ227

中国国家版本馆CIP数据核字第2025S7W842号

责任编辑： 徐如麒　毛静彦
特约编辑： 陈剑萍
出版策划： 唐根华
装帧设计： 邓小林

书　　名：笔墨丹心流诗行
著　　者：华　礼
出　　版：上海世纪出版集团　上海文艺出版社出版
地　　址：上海市闵行区号景路159弄A座2楼 201101
发　　行：上海文艺出版社发行中心发行
　　　　　上海市闵行区号景路159弄A座2楼 www.ewen.co
经　　销：全国新华书店
印刷装订：三河市中晟雅豪印务有限公司
开　　本：889毫米 × 1194毫米　1/16
字　　数：265,000
印　　张：20.5
版　　次：2025年8月第1版　2025年8月第1次印刷
ISBN：978-7-5321-9338-7/I.7324
定　　价：98.00元

敬启读者　如有印装质量问题，请与承印厂联系调换：13121110935

一块深埋的璞玉（代序）

五月的上海，本来属于春和景明、惠风和畅的季节，天气并不热。但是，由于这些年全世界天气都在变暖，所以还没有捱到六月，便已跨入了初夏，天气显得比较闷热。正在这个时候，我接到了好友、上海浦东新区作协原副秘书长唐根华先生的电话，请我为华礼先生的诗集——《笔墨丹心流诗行——岁月凝思赋雅章》作序。我穿着体恤，靠在竹制躺椅上，认真拜读华礼先生的诗集。随着阅读的推进，我被华礼先生的诗所吸引，渐渐感受到这部诗集的独特魅力。可以毫不夸张地说，读华礼先生的诗，如同来到了茂密的森林，扑面而来的是清新的春风，仿佛能闻到树木和花草散发出的芬芳，似乎可以听到百鸟的鸣唱……总之，特别的舒畅。

为什么呢？因为，我明显地感受到，这部诗集，从头至尾，体现了最能体现中国诗风的要素——"诗言志"。

"诗言志"出自《尚书·尧典》，原文为："诗言志，歌永言，声依永，律和声。"而华礼先生的诗集在这些地方，践行得很不错。

大家知道，"诗言志"是中国古代文论家对诗的本质特征的认识和概括。几千年来，主流的诗人，在写诗时，都遵循了这一原则，创作诗歌时，都借助它来表达作者的思想感情和志向。华礼先生的诗集一共有十七个篇章，不管描摹的是哪类事物和环境，都蕴含着作者非常明显的志向和情趣。

如在第一辑里，首篇《夜的赞歌》中，有段题记："向夜学习，克制浮躁，去掉虚荣，净化灵魂，默默做人！"这或许是华礼先生的一贯为人和风格。诗中说："我喜欢你看不见的颜色／那是你永恒的执著／我喜欢你静静地沉默／那是你博大的胸怀／我喜欢你温柔的性格／那是你修来的美德。"从中可以看出，作者是个喜欢低调做人做事的人，难能可贵。在其他的如《幽静》《安静》等诗篇中，也有类似的表达。

据我所知，退休之前的华礼先生其实是一名政府官员，曾经在河北省张家口市下花园区任工业局长，经历计委主任，副区长，区政协主席。他具有如此的执念，或许是他事业成功的重要原因。

但是，做人低调，不等于无所作为。尤其当上地方政府一定层级的管理干部，绝不可以庸政懒政。华礼先生肯定做到这一点，他在《让心飞翔》中说："望着远去的秋天/你一声轻叹/关上了窗/你说不忍看到枫叶的飘零/不忍看到大地的苍凉……在这梦幻般的世界里/月儿高挂星儿闪光/只要你心想飞翔/就会生出快乐的翅膀。"表明了他在危机来临时的基本态度和立场，非常值得肯定。

华礼先生在诗篇中，处处洋溢着对伟大祖国的深深热爱，对周边生活及环境的无限眷恋，他所倾吐的各种心声，充满了正能量。如在《爱的内涵》中，作者深情地吟道："亭亭白桦屹立雪原/昂首碧空/那是她爱的凝重/巍巍青松扎根峭壁/不惧寒风/那是它爱的坚定/傲雪寒梅凌寒绽放/不畏严冬/那是她爱的真诚/青青翠竹高风亮节/郁郁葱葱/那是它爱的纯情/中华民族历尽沧桑/繁荣昌盛/那是她爱的博大爱的永恒。"显然，作者秉持的是一种高尚的大爱，值得敬仰。

毋庸讳言，我们现在看到的少数现代诗中，往往沉湎在自我和小资的情怀之中，无病呻吟，不能自拔。而华礼先生的诗与之相反，唱响的是主旋律。在《为祖国亲爱的母亲干杯》中作者吟道："祖国呀亲爱的母亲……作为一名中华儿女/我怎能不为您而骄傲/怎能不为您而自豪/在这欢乐的时刻/喜悦已盛满我高傲的酒杯/泪水和酒水已融为一体。"爱国激情浸透纸背，令人动容。

类似的情愫在这部诗集中，俯拾皆是，不再一一举例。窃以为，这正是作者事业成功的奥秘。

环顾当今的诗坛,我们还看到少数诗篇为了吸引部分世界观还未成熟的青少年,故意标新立异,往往采取负面、晦涩、低俗,甚至黄色的表达。这应该引起诗歌爱好者的共同抵制。

华礼先生的诗篇不经意间,常常回忆起那些他曾经生活、学习的经历,对此他无限怀念。他的重情重义,也可以略见一斑。比如在《诗在花中》,作者咏道:"年年杏花迎春风/杏花谢了桃花红/梨花开了白如雪/李子花开香最浓/但等山花吐艳时/万紫千红总是情/我爱塞北家乡美/吟诗填词在花中。"作者热爱家乡的情愫袒露无遗。

又如在《我看到了胡杨》中,作者深情地说:"带着爷爷和父亲两代人/想见到胡杨的渴望和遗憾/带着我对胡杨的无限崇拜和敬仰/十一长假我和孩子们自驾车/沿着丝绸之路穿过河西走廊……当我们风雨兼程飞驰戈壁/得知那似隐似现如海的绿荫/就是胡杨的时候/我那颗剧烈跳动的心/几乎蹦出了胸膛/我那滚滚的泪水啊/瞬间淌湿了我的面庞……当我走近胡杨/抚摸拥抱胡杨/把脸颊贴着胡杨/我的热血在激荡/我的泪水在流淌/我面朝东方大声呼喊/爷爷父亲/我来到了戈壁/我看到了胡杨。"读到此处,谁能平静?

在《亲爱的老师》中,作者写道:"教师节在即/我又想起了您我童年的老师/您青春文雅美丽端庄/一丝不苟教学的模样/至今还深深地印在我的心上……您就像蜡烛/燃烧自己照亮别人/您就像园丁用心血浇灌花朵/让心灵之花竞相绽放。"毫无疑问,重情重义,正是作者创作所有诗歌的源泉和他人生成功的原因。

诗篇除了讲究思想内涵,当然也追求艺术性和乐感。纵观华礼先生的诗集,让人有清风扑面之感;朗读他的诗篇,如同在欣赏一支优美的小提琴乐曲,他是那样的委婉动人,那样的丝滑入耳、入心;有时,又激越高昂,带人进入激情澎湃的云峰。掩卷深思，我不得不叹服，华礼先生的诗歌具有强烈的艺术感染力，是我国现代诗坛上刚刚涌现的比较优秀的作品。

华礼先生告诉我，他是在退休之后才开始诗歌创作的。之前，他还没有在报刊上发表过诗作，这确实让我颇感意外——华礼先生一出手，便一鸣惊人！当然，这是华礼先生长期文学能量积累的结果！此次华礼先生的诗集得以出版发行，如同一块深埋的璞玉，刚刚被人发现，让人惊讶、关注和喜爱。不知道日后，大家看了华礼先生的诗作，是否跟我有一样的感觉？

我衷心希望，华礼先生能笔耕不辍，为自己、为文学爱好者写出更多更美的诗作来！

是为序。

张文龙

2025年5月20日于沪上枣树斋

张文龙，国家一级导演，曾任上海广播电视台首席导演。中国作家协会、中国文艺评论家协会、中国电视艺术家协会、中国曲艺家协会会员，中国戏剧文学学会理事。著有《汤团王》《风铃》《浪迹天涯》《浦江退思》《候鸟》等16部长篇、中短篇小说、诗集和散文集约700多万字，曾荣获"星光奖"、"金鹰奖"、"兰花杯"等数十个国家级大奖。

目 录

第二辑　**花语心韵**

第三辑　**树草叶鸟韵情长**

第四辑 山

第七辑　草原恋曲韵悠长

第八辑　春之曲

第九辑　**秋天畅想曲**

第十辑　**素冬琼花诗萃**

第十一辑　雨中畅想曲

第十二辑　咏心中温婉女神

第十五辑　节日诗笺岁月锦章

第十六辑　心路浩歌

第十七辑　情深意长诗锦集萃

第一辑

景语心澜集萃

夜的赞歌

题记:

　　向夜学习，克制浮躁，去掉虚荣，净化灵魂，默默做人!

我喜欢你看不见的颜色
那是你永恒的执著
我喜欢你静静地沉默
那是你博大的胸怀
我喜欢你温柔的性格
那是你修来的美德

我也曾赞美月亮
原来月亮的柔美
是献给你的深情
我也曾赞美星星
原来星星的闪烁
是献给你的爱慕

我拿什么献给你呢?
就让我点燃
九百九十九支蜡烛
让那美丽的烛光
照亮你的容颜

就让我种下
九百九十九支玫瑰
让那浓郁的花香
永远萦绕在你的身旁

写于: 2020 年 12 月 01 日

幽静

题记:

　　离开喧嚣的城市，漫步幽静的小树林。看枫叶婆娑，听小溪水声，闻小花淡淡的清香，偶尔还会看到月光下的萤火虫从身边飞过，多么宁静多么安详的夜晚啊!

秋天的夜晚
我走在郊外的林间小路上
这里没有尖叫的汽车
没有闪烁的霓虹
也没有广场上喧闹的音响
这里只有幽静二字

耳边传来悦耳的虫鸣
和小溪潺潺的流水声

身边是高大的枫树和它婆娑的树叶
树下的小草在夜幕中开着小花
那淡淡的花香沁人心脾

偶尔会有树叶落在肩上
似在让你放慢脚步
缓缓飞来的萤火虫
让你先是惊吓又转为欣喜

夜鸟飞过声音细微
更增加了小树林的幽静
星星含笑眨着眼睛
万物仿佛已入梦中

我享受这份宁静
远离喧嚣是心的向往
我静静地沐浴着如水的月光
心如止水静而明亮

写于：2020 年 10 月 03 日

安静

题记：

亲爱的朋友，你喜欢安静吗？

如果你喜欢，那你一定知道，安静是一种心态，是一种境界。安静是心灵的祥和，是人生的大美。在喧嚣的尘间，找一隅安静处，让浮躁的心定下来。静静地读书、学习、研究……做自己喜欢的事。面对日月星辰、云雨风雪、电闪雷鸣、鸟鸣花香、碧海青山……写出心中的诗一行行，也是一种静中之美！

夜空是安静的
虽然月亮在行走
星星在闪烁

月亮是安静的
虽然吴刚在酿酒
玉兔在玩耍
嫦娥在起舞

星星是安静的
虽然它们布满天空
眨着眼睛
还有流星划出一道道光明

雪花是安静的
虽然他们翩翩起舞

落满大地落满枝桠

落满千家万户的屋顶

夜晚是安静的

虽然还有动物在出没

流浪狗在觅食

夜行人在赶路

我是安静的

虽然我有千事万事要做

我有万语千言要说

但我要安静下来

安静才是最美的!

写于：2022 年 03 月 20 日

让心飞翔

望着远去的秋天

你一声轻叹

关上了窗

你说不忍看到枫叶的飘零

不忍看到大地的苍凉

其实

五谷已进了粮仓

蔬果已入窖储藏

鲜红的枫叶正在风中起舞

晚开的菊花还散发着幽香

打开那扇窗

你会看到斑斓的世界

正翻开新的篇章

漫天的雪花飞舞

大地已穿上了新装

在这梦幻般的世界里

月儿高挂星儿闪光

只要你心想飞翔

就会生出快乐的翅膀

写于：2021 年 11 月 10 日

让我聆听你隔世的绝唱

　　——致仓央嘉措

抓一把青稞

跨越雅鲁藏布江

携一杯圣水

飞到雪山顶上

让青稞在雪山上生长
让圣水在珠峰上流淌

点一盏酥油灯
把心海照亮
听一宿梵唱
让灵魂飞翔

我要站在你的身旁
感受你诗文的灵光
我要紧贴你的胸膛
感受你痴情的衷肠

雪山上的晨雾迷漫着荷莲的花香
五彩的朝霞放射着你神圣的光芒
珠峰上的白云是你赋诗的纸张
喜马拉雅的雪花是你情思的飘扬

我把你崇拜
我把你景仰
我要传播你圣洁的思想
我要播种你痴情的光芒

那雄鹰也飞不过的珠峰顶上
是离你最近的地方
在离你最近的地方

让我聆听你隔世的绝唱
聆听你隔世的绝唱

写于：2018 年 10 月 02 日

让我们播种诗歌

白云在蓝天上飘荡
鸟儿在白云中飞翔
风儿送来阵阵清爽
太阳洒下一片春光

绿色随着风儿扩张
草儿顶着花苞待放
来吧让我们播种诗歌
让诗意在春风里生长

当露珠映着霞光
当雨水浸透了土壤
当夕阳走下了山岗
当星儿围满了月亮
让我们静听诗的生长
让我们尽享诗的芬芳

写于：2018 年 05 月 30 日

短诗四首

情人

当雪花漫舞
花蕾布满了枝头
请风儿为我做证
那第一朵绽放的梅花
是我的梦中情人

知心

夜深人静
月挂窗前
开窗邀月
泪洒衣襟
月儿呀
你是我的知心

梦境

无月的夜
是谁点亮了满天星斗
为什么离我最近的那颗
亮亮的
总在我的梦境

真情

夕阳落山

晚霞渐退
那最后一抹胭脂红
为什么久久不动
难道难道也和我一样
在苦苦等待一份真情

写于：2021 年 11 月 22 日

执著

我牵着我心爱的骆驼
在茫茫的戈壁上跋涉
我要到沙漠的尽头
去寻找世间最美的景色

在沙漠的尽头
是胡杨的王国
在胡杨林的周围
杜鹃花开得如燃烧的火

雄伟的雪山冰峰
放射着奇光异彩
在那奇异的光彩里
千万朵雪莲
尽显她的婀娜

啊！这是多么神奇的地方

这是多么美丽的景色

春风为我送行

响沙为我奏乐

月牙泉为我唱着欢乐的歌

那美丽的沙滩

像壮观的地毯

为我铺好了前进的路

啊！我要把我的一生

献给我的执著

我要把我的执著

献给我不停的跋涉

我要把我不停的跋涉

献给世间最美的景色

写于：2018 年 08 月 18 日

渴望

我渴望独挎一把吉他

在槐荫之下自弹自唱

让心中的忧伤飞出胸膛

我渴望夕阳不下山岗

晚霞永放光芒

让甜蜜的思念插上翅膀

我渴望一轮明月高照

一院玫瑰芬芳

我要瞬间飞回我的故乡

我渴望一湾池塘幽静

一片星光闪亮

我愿奋力捞出水中的月亮

我渴望世间只有天堂

没有凄凉

让幸福快乐永在身旁

我渴望世人能多一点赞扬

少一点中伤

我愿为此化做一道彩虹

把整个世界扮靓

写于：2019 年 03 月 12 日

我是……

我是一片云
飘荡在空中
我要把甘霖飘洒
我要把大爱播种

我是一阵风
吹过天空和花丛
我要把雾霾清扫
我要把花香飘送

我是一只鹰
翱翔在天空
我要把蓝天守卫
我要为大地奉献忠诚

我是一颗星
驻守在苍穹
我要把暗夜照亮
为夜行人提供一丝光明

其实其实
我只是一首诗
我只想把真情奉献
我只想不枉此生！

写于：2018 年 10 月 29 日

请你与我同行

金色的太阳啊
请你与我同行
让你灿烂的光辉
照亮我的前程
当我们走遍世界
世界将是一片光明

美丽的月亮啊
请你与我同行
让你银色的光辉
照亮我的眼睛
当我们走遍世界
世界将是一片柔情

快乐的白鸽啊
请你与我同行
让你坚韧的翅膀
为我引领航程
当我们走遍世界
世界将是一片和平

碧绿的小草啊
请你与我同行
让你默默的奉献精神
为我把路变成绿茵
当我们走遍世界
世界将变得一片清新

写于：2019 年 04 月 21 日

如果我是一个魔法师

如果我是一个魔法师
我愿把我变成一丛野玫瑰
让美丽的花朵娇艳无比
让空旷的山野花香飘逸

如果我是一个魔法师
我愿把我变成沙漠里的月牙泉
水面静静映着蓝天
水流淙淙弹着琴弦

如果我是一个魔法师
我愿把我变成一枝梅
雪中一点红尽显相思情
让萧索的冬季充满生机

如果我是一个魔法师
我愿把我变成一支相思曲
让天下的有情人终成眷属
让有情无缘的人没有泪滴

写于：2018 年 02 月 14 日

幽静的夜空

浩瀚而幽静的夜空
挂满了含笑的星星
每一颗都是那么晶莹
每一颗都是那么深情

望着它们美丽的眼睛
望着它们相处的从容
我多想化作一缕清风
飞入茫茫的太空

在静静的银河里
我要慢慢聆听
聆听它们比山泉还纯美的心声

我不喜欢
混浊的雨雾霾的风

狂暴的闪电和雷鸣

我要默默地
化作一道七色的彩虹
在这博大浑厚的天地间
亮丽永恒

写于：2017 年 12 月 28 日

如果

如果我是一条小溪
我定要涌入江河
向大海奔腾

如果我是一颗雨滴
我一定要落入大地
把生命之水补充

如果我是一只百灵
我一定要飞向蓝天
与百鸟齐鸣

如果我是一颗卫星
我一定要与星月同在

迎接灿烂的黎明

如果我是雪山冰峰
我一定要化作春水
让溪水淙淙

如果我是一只雄鹰
我一定要守卫蓝天
在碧空上翱翔一生

写于：2018 年 03 月 24 日

我是一颗孤寂的寒星

曾经希望
有一双眼睛
能看清我的心灵
曾经期盼
有一个身影
能陪伴我的孤灯

当秋雨敲窗
我们一起听雁叫声声
当冬雪漫舞
我们共守春的黎明

011

在水的一方

你看见我了吗

其实我是一颗孤寂的寒星

守卫在银河的上空

我的情已经献给了茫茫的宇宙

我的爱已经献给了浩瀚的苍穹

我已不怕孤独

我已不惧寒冷

我愿意在这茫茫的夜空里

为这个世界

奉献我微弱的光明

写于：2018 年 12 月 30 日

天上什么最美丽

如果你问我

天上什么最美丽

我说天上星星最美丽

他们都是亲兄妹

眼睛总是笑眯眯

如果你问我

天上什么最美丽

我说天上月亮最美丽

天下情人成眷属

都是月亮把红线系

如果你问我

天上什么最美丽

我说旭日东升最美丽

万道霞光染大地

千山万岭闪光辉

如果你问我

天上什么最美丽

我说夕阳落山最美丽

一片温馨送万家

万种柔情暖心里

如果你问我

天上什么最美丽

我说雨后彩虹最美丽

白云绕着彩虹飞

彩虹映红天和地

写于：2017 年 12 月 30 日

我是一颗小星星

我是一颗小星星
生活在茫茫的宇宙苍穹
我使劲地眨着眼睛
只想给这个世界增加一点光明

没有人知道我的存在
也没有人知道我的姓名
但我从不气馁
始终是按时上岗按时出工

有时乌云遮住了我的身影
月光隐去了我的笑容
但我从不埋怨
依然是来也从容去也从容

其实我也有我的期盼
我也有我的柔情
我希望人们能够关注我
也希望人们能够唤出我的姓名
给我一个赞许
给我一个好评
莫忘了在这浩瀚的银河里
还有我这颗平凡的小星星

写于：2018 年 02 月 02 日

如果我是……

如果我是一片云
我一定降下一场甘霖
如果我是一场甘霖
我一定让大地披上绿茵

如果我是一滴水
我一定滋润一寸土地
如果我是一阵风
我一定送来远方的叮咛

如果我是一轮弯月
我一定倾听你的心声
如果我是一颗小星星
我一定伴你到天明

如果我是一缕霞影
我一定爬上你的窗棂
给你温馨
给你深情

如果

如果我们都有一颗善良的心
这个世界一定是一片光明

写于：2018 年 05 月 28 日

我是一滴晶莹的露珠儿

我是一颗晶莹的露珠儿
在荷花的蕊中坚守
我不是在这里享受
我是在把圣洁的荷花养护
我不光要把荷花养护
我还要把荷花的形象维护

蜻蜓来了我劝蜻蜓不要轻狂
蝴蝶来了我劝蝴蝶要保持端庄
月亮来了我要映衬荷花的绽放
曙光来了我要放射出多彩的光芒

当金色的阳光来了
我便放心的告别荷花
飞向我自己的远方
我不失意也不悲伤
只要荷花美丽
我在天涯海角也心情舒畅

写于：2018 年 08 月 08 日

日月同行

清晨
日出东方
月挂天空
他们多像小妹和长兄
你追我赶在苍穹

傍晚
日在西山
月在天边
你看
那是小妹又把长兄追赶

就这样它们日复一日年复一年
你追我赶不离不散
只是不知何时他们才能
携手并肩不追不赶
一同走在天上人间

写于：2021 年 03 月 18 日

爱的内涵

亭亭白桦屹立雪原
昂首碧空
那是她爱的凝重

巍巍青松扎根峭壁
不惧寒风
那是它爱的坚定

傲雪寒梅凌寒绽放
不畏严冬
那是她爱的真诚

青青翠竹高风亮节
郁郁葱葱
那是它爱的纯情

中华民族历尽沧桑
繁荣昌盛
那是她爱的博大爱的永恒

写于：2021 年 03 月 02 日

大漠之行

大漠风急
一路向西吹
吹出了鸣沙山
吹出了月牙泉
吹出了西域
神秘的古楼兰

大漠风狂
风起沙扬
风中见胡杨
沙中见敦煌
风沙嘉峪关
犹见古战场

啊大漠呀
你如此浩瀚
如此苍茫
怎不让我心生敬仰
就让我化作一颗沙粒
投入你的怀抱
融入你的心房
与你共日月
与你共苍凉

比天边更远的地方

比天边更远的地方
是夕阳落山的地方
在那里
有我心中的天堂

比天边更远的地方
是我坚韧的翅膀
因为我的翅膀
从没有停止过飞翔

比天边更远的地方
是我的思想
我的思想
是让五湖四海变成一片花香

比天边更远的地方
是我心中的梦想
我的梦想
是让地球上的人都幸福安康
一起把和平之歌唱响

美丽的紫色

不知从何时起
我喜欢上了紫色
在家中我喜欢紫色的画
在室外我喜欢紫色的霞
在草原我喜欢紫色的花

我喜欢原野里绚丽的熏衣草
我喜欢小路边盛开的紫丁香
我喜欢雨中紫色的伞
我喜欢晚霞里紫色的衣衫

细细想来
紫色真的很美丽
不媚不俗不浮不华
虽没有大红大绿那么耀眼
但却是静的祥和雅的雍容

我希望
这个世界到处都充满紫色的浪漫
天上有紫色的霞
地上有紫色的花

心中有紫色的梦

生活有幸福的家

写于：2019 年 12 月 09 日

在康河里放歌

——怀念徐志摩

轻轻的你走了

正如你轻轻的来

我轻轻地漫步

去寻觅你作别的云彩

美丽的金柳

在晚风中飘荡

水中的倒影

一如你当年的新娘

河中的青草

在微浪中起舞

我多想潜入水中

与它们一起荡漾

榆阴下的清潭

盛满了七彩的虹

那不是七彩的虹

那是色彩斑斓的梦

寻梦用我的多情

向心海的深处漫溯

满载着一腔思念

在康河里放歌

我不光要放歌

还要把怀念诉说

怀念是我的崇敬

崇敬是我不变的心声

悄悄的你走了

正如你悄悄的来

你挥一挥衣袖

是我迷恋的云彩

写于：2021 年 11 月 19 日

香山红叶

捡起一枚红叶

写下秋诗两行

一行浸满泪水

一行凝结秋霜

香山是红楼梦诞生的地方
香山是曹雪芹晚年的家乡
一代文学巨匠的塑像
就在这里安放
人们把你瞻仰
人们把你看望

你的故乡一片宁静
你的塑像温馨安详
你院中的翠竹随风荡漾
你篱下的秋菊散发着幽香

一口孤井还是旧时的模样
门前的小溪涓涓流淌
几声蛙鸣
是对你深深的怀念
漫山的红叶啊！
燃烧着你未了的衷肠
当晚霞洒满了山岗
碧云寺的钟声
又在山谷里回荡

临别之时
我把那枚红叶和两句诗行

留在你塑像的身旁
那是我对你的崇拜
那是我对你的景仰

写于：2018 年 11 月 09 日

读你

总有读懂你的欲望
像小溪流水一路欢畅
虽然总也读不懂
但仍然充满希望

总有读懂你的欲望
像早春兰花开满山岗
虽然总也读不懂
但仍然飘洒芳香

总有读懂你的欲望
像秋风细雨绵绵悠长
虽然总也读不懂
但仍然充满遐想

总有读懂你的欲望
像海涛拍岸敲我心房

虽然总也读不懂

但仍然不会迷惘

总有读懂你的欲望

像雪山之松叶茂根壮

即使一生也读不懂

也要让那美丽的欲望

在沃土中生长

写于：2016 年 07 月 09 日

放飞的风筝

放飞的风筝

自由地飞行

请你告诉天空

快降一场甘霖

让大地变得郁郁葱葱

放飞的风筝

自由地飞行

请你告诉太阳公公

请它多带一些胭脂

让杏花更美桃花更红

放飞的风筝

自由地飞行

请告诉月亮和星星

在这宁静的夜晚

请它们绽开笑容

让温馨的春夜

更美丽更宁静

放飞的风筝

自由地飞行

请你做一回自己

独立地翱翔苍穹

如果累了就回来

想念你的人儿

时刻把你静等

时刻把你欢迎

写于：2019 年 03 月 03 日

自然与心灵

走进初春的山林

山林里莺啼鸟鸣

那善解人意的春风

把我那剪不断

理还乱的心绪
吹成了一片柔情

漫步深山峡谷
峡谷里冰消雪融
那淙淙流动的溪水啊
把我意犹未尽的诗句
理得条理分明

啊自然与心灵
本是两个世界
可它们相互影响
也能让人从容淡定
气爽心明

写于：2017 年 02 月 05 日

兴安岭上的采花女

岭上的采花女呀
采着岭上的花
那红似火的
是兴安岭上的杜鹃花

兴安岭呀连天涯

岭上的杜鹃像满天的霞
采花的女呀红红的颊
也是一朵杜鹃花

岭上的白云像哈达
岭下的溪水泛浪花
姑娘采花抱不下
边采边掉犹如天女在散花

我们同采一片花
岭上的阳光脸上洒
虽然未说一句话
可那采花的景呀
却成了一幅永恒的画

写于：2018 年 07 月 02 日

遥远的地方

在一个遥远的地方
有一位美丽的姑娘
蓝天是她的住房
白云是她的温床
星星是她的伙伴
那温柔的月亮啊

是她约好的伴娘

姑娘的住处
是花的海洋
一年四季都弥漫着花香
花香里
蝴蝶在飞翔
小鸟在歌唱
那青山绿水呀
是她们生活的天堂

姑娘每天
把鲜花浇灌
把小鸟饲养
还要把青山绿水
编织成美丽的梦想

多少英俊的小伙子
都想娶姑娘做新娘

姑娘说
等到鲜花开满了全世界
等到小鸟可以任意飞翔
我再确定谁做我的新郎

写于：2017 年 07 月 05 日

走进楼兰

走进楼兰
这片神秘的土壤
我的心海
刹那间升起佛光万丈

轻轻举步满心彷徨
竟不敢竟不敢
轻易迈进这古老的城墙

圣洁的佛光在心底点亮
千年的沧桑在眼中流淌
是谁将琵琶奏响
让我的脑海泛起无尽遐想

那是谁冷寂的墓葬
那是谁深情的凝望
那是谁隐约的面庞
那是谁如泣的吟唱
漫卷的风啊
在向谁倾诉着衷肠

啊楼兰楼兰
你是人们千年的迷茫
你是岁月古老的绝唱

你是一篇无字的诗章
你是一位美丽而神秘的新娘

写于：2018 年 11 月 26 日

观沧海

居高临下观沧海
水天一色不知边
多情细雨蒙蒙下
入我心田变诗篇

苍天大海雾相连
渔船游艇荡云间
一声呼唤去声远
万千海鸥在眼前

写于：2016 年 07 月 05 日

夕阳礼赞

只有这色彩斑斓的山岗
才配衬托你的辉煌
只有这柔美绚丽的霞光

才配打扮你的面庞

正因为你有过
美丽的清晨
灿烂的正午
才有你落山时的从容坦荡

正因为你经历了
岁月的沧桑
世态的炎凉
才铸就了你灵魂的刚强

你从不埋怨
晚风的凄厉
暮色的苍茫
因为你心中自有明月朗朗

你从不担忧
韶华逝去
地老天荒
因为你心中流着火一样的岩浆

啊夕阳
你如父亲一样
神采奕奕气宇轩昂
你更如母亲一样

万般柔情温暖慈祥

写于：2018 年 12 月 12 日

我赞美阳光

题记：

　　秋末黎明，太阳跃出海面，绚烂的光芒，染红山川湖海，照亮了广袤的大地。傍晚，太阳走下西山，它灿烂的夕辉，折射出的晚霞，更加美丽。阳光不仅美在它的千变万化，而且美在它给人们带来的温暖和希望！

我喜欢阳光

尤其喜欢秋末冬初的阳光

它舒软柔和温馨明亮

看见它就想去美丽的湖畔

看碧水涟漪观微波荡漾

看见它就想去茂密的森林

看红叶满山观黄叶飘荡

看见它就想去辽阔的草原

看秋草金黄观牛羊肥壮

看见它就想去浩瀚的大海

看碧波万里观海涛掀起雪浪

窗外

天高云淡秋风飒爽

群山一片斑斓

山花凌寒绽放

那袅袅炊烟在林间蔓延起舞

好似要把醇厚的香味献给阳光

我站在小山顶上

把阳光普照的群山

观了又观

把人间的喜怒哀乐

想了又想

觉得这世界上最美的还是那金色的阳光

它可以照亮我们的大地

也可以照亮我们的心房

就让我们坚定地走在洒满阳光的大路上

满怀信心地

去迎接冰雪的消融

去拥抱温暖的阳光

写于：2023 年 10 月 29 日

美丽的月牙泉

在黄沙漫漫的戈壁滩

有一处美丽的月牙泉

银河的水把它浇灌

月亮的泪把它注满

长风为它筑起了沙山

日月守护在它身边

在黄沙漫漫的戈壁滩

有迷人的月牙泉

它是戈壁滩上的绿洲

它是大漠里最美的景观

清澈的水拥抱着蓝天

洁白的云缠绕着沙山

在黄沙漫漫的戈壁滩

有神奇的月牙泉

那悠扬的驼铃震撼着游人的心坎

那长长的驼印是生命留下的诗篇

它是日月星辰亲密的伙伴 它是天上

人间共有的乐园

写于：2016 年 10 月 03 日

夕阳赞

谁把朱砂洒天涯？

染红西天万里霞。

谁将胭脂擦落日？

打扮夕阳面如花。

不是朱砂洒天涯，

那是晚霞美如画。

不是胭脂擦落日，

那是夕阳放光华。

写于：2017 年 02 月 26 日

缅怀曹雪芹

研尽了金陵十二钗最后一滴胭脂泪

擦完了金陵十二钗最后一抹胭脂红

你那生花的笔

再也无法流出一丝激情

这沉重的美丽

被夕阳的残红

溪中的蛙鸣

深深地埋在了厚厚的红叶中

如今你门前的那条越来越瘦的小溪

仍然日夜弹奏着思念的忧伤

碧云寺悠扬的钟声

还回荡在你旧居的夜空

你小院里那一片碧绿的竹林

依旧迎送着日月的西下和东升

你饮水的那口深井

依然静静地映照着白云和碧空

这漫山的红叶啊

用它那火一样的不了之情映红了你的

巨著《红楼梦》

也映红了你伟大不朽的姓名

写于：2016 年 10 月 30 日

光芒

星星是银河的光芒

月亮是夜空的光芒

太阳

是大地的光芒

荷花是池塘的光芒

彩虹是雨后的光芒

晚霞是西天的光芒

正直是人民的光芒

正义是国家的光芒

善良是中华民族的光芒

写于：2021 年 06 月 23 日

山里的姑娘

你从大山里走来

你从花丛中走来

你踏着溪水的叮咚

如云如风

你张开冰洁的唇

唱着山乡的温馨

唱着山里人的风情

山里的姑娘

喜欢山丹花的红

那是她心中的美

那是她心上的情

插在头上拿在手中

那是她憧憬的梦

欢快的步子

俊俏的容

朗朗的笑声

在林中

出一次大山进一次城

花篮满满用花布蒙

采来的山花留城里

山里的姑娘

是城里人心中

最美的风景最美的情

写于：2024 年 05 月 15 日

第二辑

花语心韵

薰衣草

你多像一把紫色的伞
静静地在我面前开放
我喜欢你梦幻般的紫色
喜欢你浓郁的花香

你是那样的温馨
又是那样的豪放
我多想向你诉说我的衷肠
诉说我心中的梦想

天暖了、花开了
我带着去年的芬芳
又来到你的身旁
你紫色的浪漫
在晚霞里漫舞
你浓郁的幽香柔进了月光

在这迷人的晚上
我要相伴你的身旁
轻轻地为你歌唱
歌唱你的美丽
歌唱这静静的时光

写于：2021 年 01 月 15 日

祈祷花儿永不凋零

花期临近
风儿柔情似水
满怀心事的花蕾
含苞待放
那微露的兰紫红黄
令人欣喜若狂

明媚的阳光
神奇的东风
瞬间展现了百花的芳容
满园春色万紫千红

这至善至美的风景
一切如期而至
一切如期而归

在这充满怀念的春天里
是谁在花丛中望眼欲穿
是谁在祈祷花儿永不凋零
是谁在期盼游子归来马蹄声声

写于：2019 年 07 月 04 日

我是一棵孤独的野百合

我是一棵孤独的野百合
生长在荒凉的野山坡
我没有诱人的芳香
也没有艳丽的花朵

但我也喜欢春天
也喜欢用花朵打扮自我
如果有人从我身边走过
不管看不看我
我都会心头一热

如果有人在我身边停留
并将我抚摸
我都会无比的感谢
并把他深深地记在心窝

我没有多高的奢望
只求人们能够关注我
关注在这荒凉的野山坡
还有绽放的花朵
还有情的坚守爱的执著

写于：2017 年 05 月 31 日

野百合

百合花黄百合花香
寂寞的百合开在山坡上
风里生雨里长
花香香在心坎上
云相守月相望
多情的人儿梦悠长

百合情深百合情长
孤独的百合开在小路旁
蜂相伴蝶成双
露珠儿恋在花蕊上

百合让人心生暖
百合让人心忧伤
痴情的人儿泪成行

写于：2018 年 11 月 13 日

野百合的眷恋

野百合也有春天，
野百合也有爱情。
每当想起爱情，

我就会想起那朵，
开在荒山坡上的野百合。

野百合很瘦，
瘦得，像李清照词中的黄花。
但她很顽强，
总是面向阳光，迎风绽放。

我不知道她，是否也有过忧伤，
也不知道她，是否有谁把她爱慕。
但我却常常把她想起，
常常把她看望。

每次走近她的身旁，
她总会轻轻地点头，
并散发出淡淡的幽香。
此时的她在我眼中，
是那么丰满，那么俊秀。

一晃多少年过去了，
那棵野百合，
依然绽放在荒山坡上。
我每年还会常常地把她想起，
还会一次一次地把她看望。

写于：2021 年 01 月 21 日

飘零的小花

在柳丝荡漾的河边
我捧起一朵
被秋风飘零的小花

我问小花
你叫什么名字
你来自何方
你为何飘泊到这个地方
小花默默地望着我
不作声响

我问小花
你为何面容憔悴
你为何满目惆怅
你为何穿着破旧的衣裳
小花仰望远方
亦无声响

噢我明白了
你是在思念你的故乡
你是在想念你的爹娘
身处异地你的心在彷徨

小花呀请你不要彷徨

也不要惆怅

落花情深流水情长

就让我把你放在水面上

它会带着你

去寻找你的故乡

你的爹娘

和你梦想开始的地方

望着浪花里远去的小花

我的心在默默祈祷……

写于：2018 年 10 月 30 日

家乡的紫丁香

山巅上冰雪闪光

山脚下丁香绽放

蓝天上鸟儿飞翔

草地上彩蝶成双

这就是我四月的家乡

这就是我眷恋的地方

采一束紫丁香

抱在怀中

闻一闻花香

就想起了亲人的面庞

我登上高高的山岗

把竹笛轻轻吹响

让那悠扬的心曲

飘向心中的远方

那束紫丁香

托风儿捎上

让这浓郁的花香

随风飘向四方

当夕阳西下

层林尽染

我走下山岗

回首凝望

冰雪闪烁着五彩光芒

丁香披上了金色霓裳

弯弯的月牙已悬在天上

啊我的家乡好美好美

我的丁香好香好香

家乡的美景美在我的眼眸

家乡的丁香香在我的心房

紫丁香

我多想变成一棵盛开的紫丁香
长在你小园的中央
让你的小院
溢满我的花香

我多想变成一棵妩媚的紫丁香
开在你卧室的一旁
让我的花香
伴你畅游甜美的梦乡

我多想变成一棵不凋谢的紫丁香
春夏秋冬都陪在你的身旁
让我的花香
伴着你的脚步
飘向四面八方

我多想变成一棵永生的紫丁香
扎根在你的心房
让我浓郁的花香
浸满你多情的诗行
给这个世界送去一片芬芳

我多想做一朵夜来香

我多想做一朵夜来香
在你不眠的夜晚
悄悄地为你开放
开放在你的书房
让你的书房溢满我的花香

虽然我不会吟诵
也不会歌唱
但我却会把我的芬芳
沁入你的诗行

当你的诗行
被人们吟诵时
既能感受诗中的思想
又能感受诗中的花香

我多想做一朵夜来香
当人们熟睡的时候
静静地为你开放
开放在你的身旁
开放在你的梦乡

山中的玫瑰

山中的玫瑰在风中摇曳
鲜艳的花朵把美丽闪烁
粉红的花瓣尽显娇嫩
飘散的花香一片浓烈
那金子般的花蕊
是你最美最美的笑靥

一团团火焰不灼手
只给人温暖
一朵朵光鲜不灼目
只让人陶醉

蝴蝶在花瓣上翻飞
蜜蜂在花蕊上采蜜
旭日东升你把美丽奉献
夕阳西下你把寂寞独守
深山里没有谁向你致意
只有风儿在你耳边低语

山中的玫瑰啊
当你一树鲜花凋零坠地

请你不要伤悲不要哭泣
我愿为你写下赞美的诗句
让我的诗句伴着你的落花起舞
让我的赞美随着风儿飘满大地

写于：2019 年 06 月 20 日

一束金黄的花

向阳的山崖
开着一束金黄的花
虽然已是初冬时节
依旧枝繁叶茂
身姿挺拔

向阳的山崖
开着一束金黄的花
尽管凄风吹冷雨下
依旧紧贴山崖
形态优雅

高高的山崖
金黄的花
你把人们遗忘的地方
当成了家

你独守寂寞

依然芬芳清雅

凄清孤独你不怕

寒霜苦雨何惧它

笑看冬雪天上来

身披雪花迎朝霞

高高的山崖

金黄的花

你的高雅在天涯

即使花苞全落下

你的根须更发达

但等春风吹绿时

又是一身金黄的花

写于：2016 年 09 月 19 日

金色的菊花

当大部分花朵

都在秋风中飘零

当大部分花卉

都在改变着初衷

而你——金色的菊花

却在萧瑟的秋风中

傲然绽放

奉献着你赤子般的忠诚

在秋的怀抱里

你用金子般的颜色

温暖着季节的清冷

在太阳的照射下

你用火一样的激情

燃烧着善良人的心灵

菊花啊

金色的菊花

你的坚强让我感动

你的忠贞让我动容

我要用沧桑的声音

把你歌唱

我要用深情的诗篇

将你赞颂

写于：2018 年 11 月 05 日

风中的芦花

题记:

　　荒野之畔，水岸之滨，芦花翩然独舞，静美幽然。不慕繁华，无惧风霜，恰似人间隐逸雅士，守一方天地，绽素心微光。我用手中之笔，尽绘其神，尽颂其雅。

你不去霓虹闪烁的广场
也不去灯红酒绿的厅堂
只在荒野和水边绽放
你没有盛装的舞伴
也没有情歌在耳边荡漾
只有一片苍凉
围绕在你的身旁

你没有荷花的娇容
也没有玫瑰的芳香
但你
却有着潇洒自信的模样
有着抵御寒风的顽强

早霞为你把婚纱披上
夕阳送你多彩的晚装
星星为你眨着眼睛

月亮为你洒下光芒

芦花啊
你是风雪中的舞者
你是荒野里的娇娘
你的舞姿犹如一幅舞动的画卷
你的柔情犹如一场春雪的绵长

你是我生命中的榜样
你是我心中最美的姑娘
我要为你写下优美的诗篇
我要为你把赞歌高唱

写于：2019 年 02 月 20 日

蜡梅赞

世上不知有多少花
花开时总是羞羞答答
花难开圆瓣难开满
令人期待又牵挂

花谢时又总是缠缠绵绵

它一瓣一瓣地剥落自己

还要留下残心作残念

让人怜悯又眷恋

而蜡梅却不同

它说开就开

说谢就谢

花开时

仿佛一瞬间

就让花朵满枝桠

何惧天寒雪大

花谢时

似乎一夜间

就让花枝生绿芽

哪管风冷雪下

所以我爱蜡梅

爱它像个勇士

拿得起放得下

开就开它个金灿灿香喷喷

迎风伴雪花

谢就谢它个去无影落无踪

无牵又无挂

写于：2024 年 01 月 05 日

院中的小海棠

题记：

　　星河弯月闪银光，嫣粉白颜碧翠装，清淡幽香飘小院，望花执笔诉衷肠。星光月光照海棠，阵阵柔风沁心房，十年相伴怎相忘，风风雨雨情意长。

院中的小海棠

已经整整十岁了

十年风雨十年培育

它已经出落得

风华正茂亭亭玉立

粉红的花朵金色的花蕊

是春天里的最美

碧绿的叶子鲜红的果实

是秋天里的一道亮丽

我在树下读书

它为我遮阴挡雨

我在树旁吟诗

它让花香四溢

我们相依相慰

没有寂寞没有憔悴

即使大雪纷飞叶落满地

它那挺拔的枝桠

也依然精神抖擞充满活力

待到来年

一场春雨

又是一身翠绿满树花蕾

花开花落之后

满树海棠

又是晶莹剔透硕果累累

写于：2017 年 03 月 10 日

海棠树下

题记：

　　小院中央，生长着我亲手种下的一棵小海棠。看着她枝繁叶茂的模样，闻着她随风飘来的淡淡清香，想着她陪伴自己度过的四季流年，平静的心海竟泛起了幸福的波浪。

我亲手种下的小海棠

越长越美

丰满的树冠洒满阳光

粉红色的花蕾含苞欲放

犹如打着花伞的少女

亭亭玉立院中央

我在树下读书

斑驳陆离的阳光

从枝桠的缝隙倾泻下来

像碎金碎银洒在我的书上

小鸟飞来把树枝摇晃

展翅又飞向了远方

留下的婉转啼声

在我耳边回荡

蝴蝶飞来成对成双

在花枝中翩翩起舞

展示着美丽的彩色衣裳

蜜蜂飞来成群结队

在花蕾间飞翔

可惜来早啦

花蕾尚未扬花

哪有花粉供做佳酿

看着美丽的小海棠

我的心情无比舒畅

那海棠的清香

那小鸟的歌唱

那蝴蝶的花衣裳

那书本上的阳光

怎不让我心花怒放

怎不让我深感劳动的荣光

写于：2024 年 09 月 06 日

荷花

你像一朵娇羞的荷花

披着月光向我走来

翠绿的裙裾粉红的脸颊

美丽的双眸淌着泪花

你问我这是哪里

为什么会在这里

小河旁槐树下

我天天都在这里等你回家

抬头一轮明月

低头河水哗哗

老槐树依然摇着繁茂的枝丫

你还好吗

这些年你都去哪啦

梦里伴着我的哭泣

思念伴着我的泪花

月光如水洒满你已有银丝的黑发

芳草如茵托着你不再轻盈的步伐

沙滩上仿佛还有你我留下的诗画

小河流水好像还唱着我们曾经的情
话

小鸟晨飞啦

东方露出了朝霞

绿丝毯上只剩我一人

送走了圆月不见了荷花

写于：2021 年 01 月 15 日

赏荷

十月赏荷人笑痴

我赏荷花不分时

春坐塘边看叶出

夏看花开香满池

秋观花谢莲蓬举

冬伴枯叶情义执

我与荷花共日月

互励互勉赞正直

写于：2020 年 09 月 27 日

荷塘小夜曲

题记：

　　月光柔柔，银辉洒向荷塘。星儿调皮，潜入清波观望。菡萏害羞，月下悄悄绽放。笛声悠悠，青蛙跌宕鸣唱。荷塘小夜曲，在夜幕里飞扬。

银色的月光洒满了荷塘

幽静的荷塘亲吻着月光

含苞的荷花羞红了脸庞

俏皮的星儿

在荷塘深处窥望

青蛙在呱呱合唱

蝙蝠在空中飞翔

荷塘边上的苇叶

在微风中沙沙作响

夜空一片清朗

雾状的银河

仿佛泛起了波浪

夜鹰的啼叫

让荷塘里此起彼伏的蛙声

更显悠扬

谁把多情的人儿唤醒

一把小提琴

又在荷塘边上拉响

夏日的夜啊

宁静而安详

夜晚的荷塘啊

装满了星光月光

在这幽静的夜晚

大自然合成的小夜曲

正演奏着

人世间最优雅最洁美

如梦如幻的乐章

春雨枯荷

题记：

　　荷叶碧绿妆，芙蓉飘幽香。晚霞映池水，波纹摇霓光。烟雨淅沥下，枯叶泪成行。惜别今日体，安然迎离殇。由荷叶碧绿满池塘到枯黄萎蔫浮水面，想到我们的人生也是如此。年轻时美好的容颜到暮年时脸上刻满的皱纹，怎能不心生感慨！但是，经历过岁月的沧桑，心会淡然，更会珍惜剩下的好时光！

春雨淅沥的荷塘

飘浮着残缺的荷叶

我知道

那是北风留给荷塘的足印

那是雪花留给荷塘的吻

怎能忘记那枯萎的荷叶

曾经衬托过娇艳的荷花

曾经滋养过雪白的莲藕

曾经营造过游人喜爱的风光

如今熬过严冬之后

它们匍匐在水面上

飘零在烟雨中

依旧宁静依旧安详

想起它们亭亭而立的曾经

想起它们清雅洁美的风采

眼前的这一片枯景

让人怎能不心生感慨

但感慨之余

我看到的是另一种美

沧桑之美！

洒脱之美！

写于：2023 年 04 月 15 日

樱花开在玉渊潭

你遥望着白云蓝天

你俯瞰着碧水游船

你饱含着真情

你深藏着思念

在游人中寻找着你的爱恋

我站在你的面前
痴痴地将你观看
只想让你看看
我是不是你的爱恋

你眨着迷人的笑眼
你绽放着美丽的容颜
不声不响
却洒下了芳香一片

我醉倒在你的面前
迷失了游览的路线
就连那雄伟的石桥
我也没有看见
只知道这盛开的樱花
正在把春天打扮

我眺望着你的同伴
在青松翠竹间一片娇艳
有的粉红有的雪白
有的含苞待放
有的花开灿烂

我默颂着爱的语言
把你的真情眷念
我轻呼着心的赞叹

铭刻下你美丽的容颜

在垂柳和游人的缝隙间
我拍下珍贵的留念
与你亲近与你缠绵
在甜蜜的爱恋里
把来年的春天期盼

写于：2017 年 03 月 30 日

一株路边的野花

带着一丝丝忧伤
我走在山间的小路上
不为秋风凉不为秋草黄
只为一株路边的野花
牵动着我的柔肠

那天的这条小路上
雨骤风狂
我在树下避雨
偶见路边有一株野花在绽放

我走近它的身旁
看见它那么弱小

却那么坚强

在一片荒草中

花开得金黄金黄

风摇曳着它纤细的腰肢

雨敲打着它迷人的芳香

在雨后夕阳的余辉中

它尽情的开放

我心在问在想

这山间的路如此荒凉

这满山的草儿也已枯黄

路上的行人又这样稀少

你的美丽有谁欣赏

你的坚强有谁赞扬

浓郁的花香好像告诉我

它不为谁的赞扬

也不为谁的欣赏

只想把花朵开好

把芬芳飘满山冈

敬佩的心啊

让我急急地来到它的身旁

见它还是那么美丽的模样

还是那么坚强的绽放

只是草儿更荒凉风儿更凄凉

我感动地为它把土培好，把风遮挡

只盼它在深秋的日子里

健健壮壮

花朵照样绽放

花蕊依然飘香

写于：2016 年 09 月 19 日

小花的情意

题记：

　　盛夏，一个雨后的傍晚，我开窗眺望。低下头突然发现墙角下，开出一朵美丽的小花，鲜红耀眼。一阵微风吹过，飘来一股淡淡的馨香。我站在窗前，静静观赏，一种喜爱和怜惜之情油然而生。

一朵孤独的小花

开在炎热的夏季

她有一个小小心愿

让她最美的容颜

开到鸿雁南飞的秋季

小花的心儿美

小花的香浓郁

她有一个小小秘密

把她最美的花季

献给她心中的遥远的你

秋天的脚步

总是遥遥无期

小花的情意

总是伴着急风暴雨

当鸿雁南飞时

她的花瓣已经飘落满地

多情的雁啊

你为什么来的这么迟

你能捎书也能捎信

你能不能把小花

最美的花季

和她纯洁的情意也捎去

写于：2022 年 08 月 03 日

夜半花香进我家

风轻云淡映红霞

半院青蔬半院花

门闭窗开银月洒

夜阑花香入吾家

写于：2016 年 09 月 22 日

诗在花中

年年杏花迎春风

杏花谢了桃花红

梨花开了白如雪

李子花开香最浓

但等山花吐艳时

万紫千红总是情

我爱塞北家乡美

吟诗填词在花中

写于：2016 年 07 月 22 日

第三辑

树草叶鸟韵情长

胡杨（散文诗）

爷爷临终前
用他微弱的声音
对父亲和我说
他一生很知足
只有一个遗憾
就是没能看到戈壁滩上的胡杨

爷爷虽然是个农民
但他喜欢读书和种树
房前屋后田边地角
都种上了树
就连池塘边道路旁
也种上了很多不同品种的树

不知是哪一年
他从书中看到
在茫茫的戈壁滩上
有一种树叫胡杨
它千年不死
死了千年不倒
倒了千年不朽
爷爷从此便迷上了胡杨
常常自言自语地说
今生一定去看看胡杨

父亲答应了带爷爷去看胡杨
可终因工作忙路途远
未能成行
直到父亲也去世了
这个不大的愿望也未能实现

如今我也到了父亲去世时的年龄
背负着两代人的企盼
和我心中如火的渴望
决定利用十一长假
去戈壁看胡杨

我要自驾车
穿上最美的服装
带上最好的相机
在最佳的时光里
与胡杨合影
为胡杨照相

待到清明上坟时
我要亲手把拍好的胡杨照片放大制好
端端正正地放在坟前
大声地对爷爷和父亲说
我去了戈壁滩
我看到了胡杨

我看到了胡杨

带着爷爷和父亲两代人
想见到胡杨的渴望和遗憾
带着我对胡杨的无限崇拜和敬仰
十一长假我和孩子们自驾车
沿着丝绸之路穿过河西走廊
直驶戈壁去看胡杨

金秋十月
戈壁滩上黄沙漫漫枯草黄黄
只有旭日的彩霞和夕阳的余晖
为茫茫的大漠和千里雪山
涂上了一层淡淡的却是绚丽的红光

当我们风雨兼程飞驰戈壁
得知那似隐似现如海的绿荫
就是胡杨的时候
我那颗剧烈跳动的心
几乎蹦出了胸膛
我那滚滚的泪水啊
瞬间淌湿了我的面庞

当我飞步走进高大挺拔
风度翩翩的胡杨
我那沁满泪水的双眸
仿佛看见的是爷爷和父亲的模样
爷爷临终前那句
我只有一个遗憾就是没有见到
戈壁滩上的胡杨
又回荡在我的耳旁

当我走近胡杨
抚摸拥抱胡杨
把脸颊贴着胡杨
我的热血在激荡
我的泪水在流淌
我面朝东方大声呼喊
爷爷父亲
我来到了戈壁
我看到了胡杨

写于：2016 年 10 月 26 日

胡杨情

东海旭日升
西域朝霞红

雪山银光闪

大漠秋意浓

北雁南归去

戈壁万里风

黄沙吹不尽

胡杨一片情

写于：2016 年 10 月 03 日

一棵小胡杨

一棵小胡杨

长在戈壁滩上

叶儿绿根儿长

美丽又端庄

你是母亲的宝贝

你是父亲的肝肠

你生就的顽皮

铸就的坚强

不管什么困苦

你都勇敢承当

暴风雨袭来

把你吹得东摇西晃

你勇敢面对不躲不藏

风雨过后

你枝更繁叶更茂

仰视蓝天笑声朗朗

小胡杨啊小胡杨

你的风采让我羡慕

你的坚强让我景仰

我要为你深情点赞

我要为你高声歌唱

写于：2018 年 11 月 22 日

一棵古榆

题记：

　　古榆伫立房前，鹊巢筑在树间。夏日清晨，小鸟啾啾鸣叫，大鸟飞翔在蓝天……此景、此情，不禁让人浮想联翩……

一棵古榆长在房前

笔直的树干

硕大的树冠

几个鹊巢搭在树间
更显鲜活更显壮观

我常常坐在窗前
痴痴地把它观看
看它在雨中沐浴
看它在风中翩跹
看鹊儿飞来飞去
好不悠闲

羡慕的心啊
让我生出一个心愿
来生也做一棵榆
就长在古榆的旁边
与它相伴与它聊天

春天挂满榆钱
把子孙繁衍
夏天枝繁叶茂
把阴凉搭建
秋天落叶归根
为大地奉献
冬天一身霜花
把意志历练

没有苦辣没有酸甜

没有困惑也没有忧烦
只有白云飘在眼前
只有蓝天印在心间
这就是我心中的期盼
这就是我来生的心愿

写于：2023 年 12 月 12 日

山竹

一片嫩绿一片碧翠
一片苍劲一片浓郁
你在风中起舞
你在雨中沐浴
烈日下你洒下斑驳
月华中你把倩影摇曳

是谁用浓墨
把你绘成黑色
让你别具一格
让你更显浩气

是谁用利刀
将你制成笛箫
让你诉出人间疾苦

让你奏出世间快乐

你与松与梅

共处山山水水

你与兰与菊

共度风霜雪雨

你的高风亮节

怎不让人敬佩

你的潇洒风度

怎不让人赞美

写于：2017 年 07 月 10 日

两棵相恋的树

我是东边的垂柳

你是西边的棕榈

我们天天能相见

却永隔一江水

人间的问候有千万句

哪一句都让我们激动不已

我轻轻地挥手

是向你亲切地问候

你默默不语

是向我无声地致意

我不愿抬头

是怕看见你的叹息

你不愿低首

是怕目睹我的哭泣

我让朝阳送去我的晨礼

你让晚霞染红我的新衣

我托春风捎去我爱慕的私语

你托秋水送来你多情的涟漪

虽然江水把我们隔离

可两颗心却永在一起

你藏起你的压抑

我收起我的泪水

就让我们默默承受

命运的安排

上苍的赐予

任寒风凛冽

任冷雨淅沥

我们隔水相望两心依依

我们隔江伫立不离不弃

写于：2019 年 11 月 06 日

051

赞垂柳

最是垂柳爱时光
春风欲来忙梳妆
一身绿衣多俊美
一头秀发染鹅黄

蓝天为其搭新房
白云为其做伴娘
溪水潺潺奏金曲
小鸟依依歌声扬
我作诗篇赞垂柳
垂柳丝长我情长

写于：2016 年 04 月 15 日

一枚枫叶

题记：

　　一枚枫叶总关情，满山红叶在心中。谁把枫叶托鸿雁，一半殷红，一半青。千百年来，人们以枫叶为体裁，向远方的情人、爱人传递着火一样的真情。小小枫叶在诗人的笔下，不知演绎出了多少凄美感人的故事。

打开你的书信
一枚枫叶映入眼中
边缘碧绿中心殷红

碧绿的边缘
裹着美丽的眼睛
殷红的中心
绽放着妩媚的笑容
轻轻贴近耳边
听到的似是怦怦的心声

我手捧这枚枫叶
细细端详
为什么不是全红
为什么还留下一圈纯青

难道是你不愿成熟
要我再陪你一程
难道是你嫌我的痴心
不够真诚
要我再把真情补充

啊枫叶呀
就让我把你珍藏在我的诗中
让我的真情默默地陪你变红
让你那蛛网般温柔的脉络

在我的诗行里

编织出绚丽多彩的人生

写于：2020 年 11 月 02 日

枫叶

枫叶满山冈

日照闪红光

秋风吹秋草黄

枫林深处歌忧伤

枫叶染红霜

片片映霞光

寒风起叶悲伤

枫叶苦恋枫枝上

风急枫叶落

片片落树旁

铺满地做温床

枫叶恋树情意长

枫叶树下躺

相伴树漫长

寒风起雪花扬

枫叶归根情断肠

写于：2016 年 10 月 12 日

我捡起一片叶子

我在秋风里

捡起一片叶子

柔软又美丽

那不是叶子

那是秋天脱下的羽

不知今年

你又要飞到哪里去

如果你飞到树下

那是你叶对根的情谊

如果你飞到云里

那是你在留恋鸿雁的南去

如果你飞到了我的怀里

那是你对孤独的慰藉

如果你飞到晚霞里

那你就是竹马眼里的青梅

啊，叶子呀叶子

不管你飞到哪里

你都让我

无法在秋夜里安睡

写于：2018 年 10 月 20 日

叶的情意叶的心

当凛冽西风吹落了

最后一枚枫叶

我依然在寻找

寻找秋天的踪影

可我却没注意

没注意严冬已将我包围

飘零的雪花漫天飞舞

朦胧了我的双眼

但我依然看到

树下的枫叶

已被冰雪掩埋

一种难言的酸痛

让我淌下了泪滴

枫叶呀枫叶

其实我懂你的心

你再寒再冷

也不愿离开

生你养你的根

因为你有一片如火的情

因为你有一颗感恩的心

写于：2018 年 12 月 07 日

红豆

清晨

曙光破窗

把一树红豆

洒满我的书房

我欣喜地

一颗一颗地把它们拾起

轻轻地放入我的诗笺

那圆润的红豆

横竖成行

竟成了我诗中的篇章

一颗颗一行行

浸满了

浓浓的相思

痴痴的渴望

红豆生南国

春来发几枝

愿君多采撷

此物最相思

我轻轻地吟诵

轻轻地吟诵

吟诵在我静静的书房

写于：2019 年 09 月 17 日

我愿做一棵平凡的小草

我不愿把自己束之高阁

因为那里很冷很寂寞

琼楼玉宇高处不胜寒

我愿做一棵小草

开着一朵朵小花

伴着一片小树林

那里有勃勃生机

那里有浓郁花香

那里有鸟雀的婉转欢歌

我愿

春天里静观小花吐蕊绽放

夏天里喜看荷花开满池塘

秋天里尽赏红叶飘落山冈

冬天里仰望漫天雪花飞扬

平常而淡然的生活

才有人缘，才接地气

用普通的文字写诗

用温柔的语气说话

多么和谐多么融洽

我不去琼楼玉宇

我愿春秋四季

和大家在一起

那才潇洒那才惬意

写于：2022 年 02 月 20 日

林中小草

在茫茫林海里

你是哪一棵

在漫漫花海中

你是哪一朵

055

噢

你是林海里的小草一棵

你是花海里的小花一朵

青松白桦是你的亲朋

林海雪原是你的家舍

你用你的执着

在林海里生活

你用你的忠诚

把林海铺成绿色

你从不孤独从不寂寞

鲜艳的小花

绽放着你的婀娜

你从不奢望从不失落

浓郁的花香

在林海里随风飘泊

你貌不惊人

可你有你的尊严你的洒脱

你身不高大

可你有你的朝气你的蓬勃

小草啊小草

你看似纤弱

可你是生命的强者

你看似单薄

可你却遍布全世界

我要用我的心把你赞美

我要用我的情把你高歌

我要用我的心把你赞美

我要用我的情把你高歌

写于：2018 年 06 月 01 日

我是一棵小小草

我是一棵小小草

高不过三寸

方不过寸余

但我依然美丽

翠绿是我的新衣

小花是我的艳丽

风中我翩翩起舞

夜晚也没有睡意

春风把我唤醒

大地将我哺育

雨水为我浇灌

阳光与我亲昵

千千万万个伙伴
是我的兄弟姐妹
我们手牵手肩并肩
把辽阔大地染绿

没有谁把我欣赏
没有谁将我在意
但我不卑不亢不气不馁
毅然决然站好我的岗位

我还要开花结果
生儿育女
让它们世世代代
守住这片土地
不离不弃

写于：2018 年 06 月 05 日

我视生命如小草

采风归来升晚霞
蜿蜒群山披彩纱
烽火古台山顶立

夜幕归鸦过山崖

眺望远方千万里
遥问何处是我家
我愿生命如小草
生在哪里哪开花

写于：2016 年 11 月 26 日

美丽的萤火虫

盛夏的夜晚
淅淅沥沥的小雨
下下停停
池塘边盛开的花丛中
飘来一盏盏移动的小灯
它们时隐时现时暗时明
把幽静的花丛
装扮得愈加神秘朦胧

我轻轻地走近花丛
把一盏小灯扣在手中
打开一看
啊！一只萤火虫
迅速飞离我的手中

又一次飘进盛开的花丛

云中没有月亮
天上没有星星
美丽的萤火虫啊
你就是月亮
你就是星星

夜深了人静了
在我甜美的梦中
飞来了一群又一群
照亮我心灵的萤火虫

写于：2018 年 07 月 10 日

默默为暗夜照明
我也有好友亲朋
勤劳又聪明
我们一起玩耍一起飞行

虽然
不能照亮整个天空
却能照亮一湾池塘一个苇坑
一条小路一片花丛
为幽幽暗夜
增加一点光明
就是我的憧憬我的初衷

写于：2018 年 07 月 25 日

我是一只小萤虫

我是一只小萤虫
除了那一点光明
别无所有一身贫穷
但我依然快乐依然轻松
因为我有一个美丽的憧憬

我要做一颗小星星
小星星善良又真诚

小蜘蛛

题记：

　　小蜘蛛，看似丑陋，可它们却是
益虫。它们与人类共存，帮我们捕捉
危害我们的害虫。它们从不张扬，只
是默默地做事，默默地奉献……

我是一只小蜘蛛
自在又安详

没有远大的目标

没有崇高的理想

只有一颗平常心

不卑也不亢

织一张美丽的网

白天晒太阳

晚上陪月亮

低头菊花香

抬头南山长

捕捉小害虫

充饥做食粮

不怕风儿吹

不怕雨儿狂

静时心自语

动时望故乡

在这偏僻的小地方

没有谁把我记起

没有谁把我念想

但我从不悲观从不失望

心中有阳光心地存善良

我就心安理得幸福绵长

写于：2021 年 06 月 15 日

雪 雁

你有大爱之心

把奇观异景亲近

你用你手中的相机

记下了雪雁群聚群飞

壮观的一瞬

你看那雪雁

有的在水中觅食步履悠闲

有的在空中嬉戏姿态万千

有的展翅高飞腾云驾雾

有的亭亭玉立优雅可亲

它们飞起时

遮天蔽日如繁星点点

它们落地时

似星雨袭来铺天盖地

它们翻山越海远渡重洋

只为飞向它们心中的家乡

这绝美的画卷

让人大开眼界

感谢摄影者的艰辛

赞叹摄影者的技艺超群

待春回大地雪雁北归

让我们再高举金杯不醉不回

写于：2020 年 01 月 08 日

蝴 蝶

一对儿蝴蝶白

一对儿蝴蝶黄

两对儿蝴蝶

载着春天飞翔

山花很艳

玉兰很香

两对儿蝴蝶

在花中徜徉

春风很暖

柳丝很长

两对儿蝴蝶

在碧波上荡漾

湖水幽静

溪水清凉

两对儿蝴蝶

在水边梳妆

游人如织

摄像繁忙

两对儿蝴蝶

成了新娘新郎

一对儿蝴蝶白

一对儿蝴蝶黄

两对儿蝴蝶一首诗行

四只儿蝴蝶一片春光

写于：2019 年 03 月 20 日

窗外的百灵

清晨

几声鸟鸣

将我从梦中惊醒

仔细聆听

是一只欢唱的百灵

在这寂静的世界里

为我增添了无限的温馨

慢慢地

这甜美的声音已浸润我心

每当清晨

我都期盼那醉人的声音

多想将你捕捉

让你的声音永远萦绕我身

可我知道

我即使将你囚禁

也无法锁住你的灵魂

青山绿水才是你的天地

翱翔天宇才能永葆你的青春

写于：2016 年 05 月 15 日

第四辑

山

心系南山

对面南山马兰一片
春雨过后比天还蓝
我多想在南山脚下
种上桃花一园
让兰桃相伴色彩斑斓

盖上草房三间
挖上水井一眼
种上玉兰两棵
移植竹林一片

待春暖花开细雨绵绵
开一壶老酒细品甘甜
微醉之时写诗填词
林中自吟好不悠闲

冬日来临大雪漫卷
炉火烧红好不温暖
井水沏茶邀友相聚
谈天说地胜似神仙
举杯畅饮不醉不眠

写于：2021 年 04 月 29 日

鸣沙山上的怀想

鸣沙山上风卷柔沙如烟
鸣沙山下月牙泉倒映蓝天
风过黄昏月亮在泉边独守
长夜无边胡杨默默无言

在月光如水的夜晚
莫高窟的飞天弹起了琴弦
神秘的睡佛枕着手臂安眠

我在鸣沙山上怀想
那流沙下面
有谁的遗骨在此
那月牙泉边
有谁的忠魂不散

祈祷佛门梵音缭绕
祈祷经卷四海流传
愿格桑花开满戈壁
愿我的梦幻永无忧烦

写于：2019 年 07 月 19 日

美丽的小山村

一个美丽的小山村
是我生活过的地方
满山的花香
是我童年尽享的芬芳

那时候
月亮总是挂在山上
溪水在脚下流淌
我孤独的歌声
总有叮咚的泉水
为我伴唱

那时候
大山是我的景仰
它的伟岸挺拔
它的巍峨叠嶂
给了我性格的坚强

那时候
我总爱
对着大山放声歌唱
不为练歌
只想听到我的心声
在大山里回荡

那时候
我常常
爬上最高的山岗
看红日东升
看夕阳西下
在朝霞中喊出我的渴望
在余辉里放飞我的梦想

写于：2021 年 10 月 21 日

观群山有感

早霞尽染群山
群山色彩斑斓
又见雪花飘满天
巍巍苍山傲然

人过花甲之年
应像一座大山
风吹浪打视等闲
理想信念更坚

写于：2016 年 11 月 20 日

群山之恋

不知从何时起
我爱上了大山
每逢假日休闲
总爱驱车山间
亲近自然放飞爱恋

山间的路啊
陡峭蜿蜒
可我的心啊
却是坦荡安然

山间的清泉
弹着悦耳的琴弦
山中的小鸟
歌声婉转清甜
那展翅的雄鹰啊
俯瞰着这多彩的群山

路边的小草一片碧绿
绚丽的小花映入眼帘
各种颜色
把群山装点

路旁硕大的树冠

几乎将天空遮满
透过斑驳的缝隙看见
云是那么白
天是那么蓝

步入山巅观景
最令人震撼
那一望无际的群山
如大海的波澜
那连绵不断的白云
像仙女织成的丝绢
置身山顶让人流连忘返

我爱恋大山的雄伟
我迷醉群山的壮观
当夕阳西下
我轻轻挥手
再见了巍峨叠翠的苍山
再见了绵亘秀美的山峦

写于：2016 年 06 月 15 日

大山

你像一尊雕塑

大地是你的依托

你像一朵祥云

蓝天是你的辽阔

你像一座灯塔

目光炯炯遥望着世界

任雷电交加

任风雨蹉跎

你坚如磐石

你雄壮巍峨

你是人们心中的榜样

你是人们眼中的楷模

坚强和正义是你的化身

危难中屹立是你的情波

你的光辉永不褪色

你的初心永在心窝

我为你骄傲自豪

我为你引吭高歌

这就是我对你的敬仰

这就是我对你的诉说

写于：2018 年 02 月 09 日

夕阳

是谁染红了西天的云彩

是谁染红了起伏的山岗

是谁染红了沧桑的古楼

是谁染红了古城的老墙

是谁染红了激情的广场

是谁染红了大妈的面庞

是谁染红了初春的杨柳

是谁染红了姑娘的盛装

是谁染红了欢乐的人群

是谁染红了人们的心房

啊是西山顶上的红日

是温馨从容的夕阳

写于：2017 年 02 月 15 日

燕山情

雄鹰展翅空中旋

喜在林中进午餐

山花与我紧相伴

我举金樽敬山川

清泉为我奏金曲

小鸟迎我歌声甜

我与青山常相伴

高歌一曲赞燕山

写于：2016 年 08 月 21 日

燕山千松岭

千松岭上看群峰

云缠雾绕几千重

似火骄阳头上照

万朵彩云脚下升

放眼霞光心中暖

置身岭顶起寒风

仰测青松高几尺

惊起身边一苍鹰

写于：2016 年 07 月 12 日

盘锦红海滩

踏霞观海步悠闲

彩云夕阳照衣衫

青青芦苇起绿浪

红红蓬草漫沙滩

海风阵阵轻拂面

白鸥声声戏云天

海上栈道通幽处

听浪吟诗欲成仙

写于：2016 年 07 月 10 日

第五辑

云水海天诗梦集

梦中的海

小时候我没有见过海

可我却常常梦到海

梦到大海是那么宽

海水是那么蓝

多想让海边上的人

给我讲讲大海的模样

我常想

大海一定很深沉

因为它终日不言不语

大海一定很神奇

你看它掀起的巨浪力大无比

一次梦里

我梦到几条小鱼

在水边嬉戏

一只大鸟

突然把其中一条一口叼起

我好心疼赶紧用沙子

把其余的小鱼轰到了深海里

大海啊! 神秘的大海

我多想问问你

你是否也有欢乐也有欣喜

你是否也有悲伤也有委屈

大海啊! 神秘的大海

我没有见过你

却这样地喜欢你爱慕你

这是为什么呢?

难道是你的深沉你的博大

住进了我的心里

写于: 2021 年 11 月 10 日

飞舞的浪花

题记:

　　飞舞的浪花,在阳光的照耀下,闪烁着七彩的霓光;在湍流的山谷里,发出清脆的声响;在海风狂吹的波涛中,掀起气势磅礴的巨浪。浪花之美,令人遐想。家乡的河连起山里人的希望,意境更加深广。

一想起家乡的那条大河

马不停蹄翻山越岭

直奔大海的气势

我就想变成一朵

飞舞的浪花

带着小鸟的歌唱
带着山花的芳香
带着山里人的渴望
和它一起奔向远方

我要打扮得漂漂亮亮
穿着七彩的服装
映着太阳的光芒
挺起胸膛
飞在风口浪尖之上

不管是穿越峡谷

还是跌落悬崖
不管是陷入漩涡
还是汇入激流
我都会意志坚强
直奔海洋

在那茫茫的海洋上
我要驾起巨浪
让太阳为我导航
让月亮为我歌唱
让晚霞为我喝彩

让星星为我鼓掌
我要以气吞山河的气势
大声喊出山里人的心声
大声呼出山里人的希望

写于：2022 年 05 月 21 日

爱在大海里飞翔

第一次登上轮船
我就爱上了大海
我喜欢大海的蔚蓝
我喜欢浪花的洁白
我喜欢成群的海鸥
像千军万马飞向前

站在甲板上
面对照相机
右手摆出剪刀模样
我希望自己
仍是一名英姿飒爽的战士
把辽阔的海防巡视

不知何时
天空下起了雨

甲板上除了我空无一人
放眼雨中的大海更加壮观

我仿佛看见
海市蜃楼就在眼前
海鸥的翅膀都镶上了金边
一条海鲸像快艇一样和我并行
此时此刻的我
爱正在大海里飞翔

多想有个人陪在身边
一起观海一起淋雨
一起把大海想象成
草原森林丘陵和群山
一起把浪花想象成
麦浪棉田菊花和雪莲

让晶莹的雨点成字

让雪白的浪花成文
让浩瀚的大海呀
变成激情燃烧的诗篇

写于：2022 年 06 月 06 日

北海飞出的梦

题记：

　　北京的北海很美。有雄伟壮观的
白塔，有碧波荡漾的水面，有古老的
绿树红墙，有红领巾的歌声飞扬，有
无数人的美好回忆，更有我小时候的
幸福时光。

小时候在北京
想海了就去看北海
看北海的碧波荡漾
看北海的绿树红墙
看北海的白塔在水中倒映
看北海的燕子在水面上飞翔

划起小船就会唱起
让我们荡起双桨
小船儿推开波浪……
彼此不相识的孩童
因为红领巾在飘扬
脸上就绽放着
亲切友好的容光

蓝天上飘着白云
心海里放飞着梦想

浪花里闪着七彩的光芒

心海里憧憬着五彩的理想

儿时的北京多美丽

儿时的北海多风光

那是我幸福的摇篮

那是我永远难忘的地方

写于：2024 年 04 月 15 日

骑着唐诗里的骏马去看大海

秋风劲吹秋色渐浓

一匹从唐诗里呼啸而来的骏马

被我一把拦住

拴于布满秋霜的前庭

喂饱诗行饮足月光

只待天亮

便跃马扬鞭

乘风而行

我要带着美丽的唐诗

到山的那边天的尽头

去看朝霞满天红日东升

去看浪花飞溅海涛汹涌

唐诗里的诗句

必有观海的愿望

我要让骏马在大海里踏浪

让唐诗在浪花上吟唱

让古老的文明大放光芒

让短暂人生绽放豪情万丈

写于：2019 年 10 月 16 日

云朵

云朵很美

可她却常常哭泣

把她晶莹的泪滴

化做雨水洒向大地

我喜欢云朵

珍惜她的泪滴

每当细雨霏霏

我都在雨中漫步

雨中沐浴

沙沙的雨声

是云朵的心语

她在诉说她的思念

她在释放她的苦衷

一阵电闪一阵雷鸣

那是她真情的闪光

那是她呼喊的心声

我喜欢雨的闪光

我懂得雨的心声

写于：2020 年 05 月 21 日

我爱蓝天上的白云

小时候每当看到蔚蓝的天空

飘起了朵朵白云

我那幼小的心

就会立刻充满喜悦和兴奋

看着那一朵朵洁白的云

在蓝天上飘来飘去

时而牵手时而离分

真羡慕它们的自由和欢欣

白云在天空上飘荡

心灵在脑海中遐想

那比棉花还白的云

是不是仙女织成的绢

那美丽多彩的云

是不是仙女飞舞的裙

思索间仿佛我也变成了白云

轻轻地轻轻地飘上了云层

和那一朵朵秀美的白云相融

在那浩瀚的蓝天上尽享美景

我快乐地相约白云

去看我美丽的乡村

去看我可爱的田园

去看那在阳光下

辛勤劳作的人群

美丽的白云

好像理解我的爱心

为辛劳的人群遮上了凉荫

圣洁的白云

似乎被我的真情感动

为干旱的土地洒下了甘霖

写于：2016 年 09 月 06 日

初冬的山泉

初冬的山泉
水流潺潺浪花飞溅
载着飘零的红叶
映着多彩的蓝天

清清的溪水
弹着叮咚的琴弦
从山谷中走来
在小村边缠绵
载着千年的相思
带着遥远的乡恋

山泉流向村边
映红了村姑的笑脸
山泉流向田园
引来了鸟雀欢叫盘旋

山泉呀
你清澈如镜面
蜿蜒如绿缎
镜面里映着五彩的斑斓
绿缎里载着山里人的企盼

啊塞北的群山

甘甜的清泉
你是神的使者
滋润着万亩良田
你是美丽的少女
净拭着塞北的白云蓝天

写于：2017 年 12 月 12 日

流过童年的河

请允许我久久伫立河边
这里曾有我儿时的校园
请允许我静等夕阳落山
这里有母亲燃起的炊烟
请允许我在这里缓缓不前
这里有我小伙伴的笑脸

请允许我走的很慢很慢
不是我的步履蹒跚
是我好像听到了童年时
母亲催我吃饭的呼唤

运河的水啊水流依然
你曾把我哺育
你曾给我甘甜

几十年离别

让我多少次梦回你的身边

如今我又回到了你的面前

怎不叫我心潮起伏

泪水涟涟

就让我放声呼喊吧

呼喊我亲密的小伙伴

呼喊我美丽幸福的童年

写于：2020 年 10 月 03 日

我 爱 我 的 母 亲 河

深秋的黄昏

我在我的母亲河

——美丽的洋河河畔散步

那里杨叶金黄柳叶还绿

河水潺潺鸟雀欢歌

高过人头的芦苇

随风摇曳

一队队骑行者

精神抖擞从身边而过

钓鱼爱好者手握鱼竿

静等把上钩的鱼儿捕捉

是谁唱起了深情的歌

让月儿爬上了山头

让晚霞羞红了原野

让幽静的河水泛起了微波

就连南飞的鸿雁

也落在河边

在歌声中停歇

啊洋河

我美丽的母亲河

你吸引着我的双眸

你温暖着我的心窝

在红叶铺满的回家路上

我也情不自禁地

唱起了一支赞美的歌

写于：2021 年 10 月 14 日

家乡的小溪

题记：

　　家乡的山山水水和一景一物，都

会让人留下深刻的记忆！所以，人间
就有了美丽的诗、画、歌！

一条清澈的小溪
从深山里走来
经过我的门前
流向无边的田园

每天清晨水声潺潺
似在把我轻声呼唤
又似与我温情缠绵
我低头观看碧水如蓝
涟漪的波纹倒映着云天

我走近它的身边
它流入我的心田
我为它唱起深情的歌
它为我映出清秀的容颜

小溪流水缓缓向前
它用优美的旋律
把家乡赞美
它用甘甜的乳汁
浇灌肥沃的良田
看着它
我就心生温暖

望着它
我就喜在心间

我要用我动情的歌声
把它的美丽传诵
我要用我深情的文字
把它的奉献谱成诗篇

小溪呀家乡的小溪
你是我心中最美的眷恋
你是我心中永远的甘甜

写于：2023 年 04 月 20 日

溪水赞

溪水涓涓水流潺潺
一路欢歌一路向前
涌入湖泊就映出蓝天
汇入江河就掀起波澜

注入田园就绿色盎然
浸入草原就让百花争妍
置身大地呀
就让千山万岭换新颜

赞美你呀溪水涓涓

羡慕你呀无挂无牵

你的胸怀博大

你的眼界最宽

你没有后顾之忧

也没有乡恋乡愁

你以四海为家五湖为友

你让我肃然起敬

你让我永远仰慕

啊

溪水涓涓一路向前

你貌不惊人却大爱无边

你低吟浅唱却绘出绿水青山

写于：2018 年 07 月 13 日

小溪与月亮

月亮悬挂在天上

小溪流淌在地上

小溪对月亮讲

你远在天上清清凉凉

却温暖我的心房

月亮对小溪讲

你曲曲弯弯时隐时现

却载着我的容光

小溪说

你柔情似水圆圆亮亮

总是闯入我的心窗

月亮说

你脚步从容歌声朗朗

总爱披着我的彩装

小溪说

我映着你的脸庞

载着你的光芒

我是要融入江河奔向海洋

月亮说

你水窄流长却志在四方

你有山的翅膀海的胸膛

你的顽强让我感动敬仰

小溪说

既然有了生命

就不惧雨雪风霜

即使跌入悬崖

也要面朝太阳

即使流成九九八十一道弯

也要弯弯向前方

写于：2018 年 03 月 20 日

第六辑

月光恋曲集

月亮的赞歌

喜欢你
总是在夜深人静的时候
把爱洒向人间
虽然你的光泽不强
却给夜行人照亮了方向

喜欢你
圆圆的脸庞
总是那么温柔慈祥
默默地为沉睡的大地
涂上一层银色的光芒

喜欢你
不声不响
静静地挂在天上
笑容可掬地倾听
人间的儿女情长

喜欢你
柔柔的模样
有时还隐身云中或山外
让崇拜你的星星
也有机会登场亮相

月亮啊
你是天上美丽的女神
你是人间热心的红娘
我愿意向你倾诉衷肠
我愿意用我的一生把你颂扬

写于：2022 年 06 月 06 日

窗外的月亮

题记：

　　窗外月亮，静挂天上，银辉轻
洒。静谧夜空，繁星点点，月影婆
娑。透过窗棂，凝望明月，心绪荡起波
浪，思念飞向远方……

坐在窗前
我把夜空遥望
窗外的树梢上
挂着金黄的月亮
隔窗望去
多像一幅古老的水墨画
挂在天上

星空浩荡

夜色茫茫

风吹枝桠轻轻摇晃

月影婆娑漫舞飞扬

望着月亮

多少往事又涌入心房

望着月亮

多少相思又飞向远方

月亮温柔月亮慈祥

月亮的故事情深意长

月亮的真情感人柔肠

月在天上情在心上

闭上眼睛月亮在我心中荡漾

写于：2024 年 08 月 18 日

月光里的小船

月儿圆圆星儿闪闪

放飞一只小船

在银河里扬帆

在这团圆的夜晚

让它驶向你的身边

船儿无挂无牵

只载着一船的思念

不恋银河的灿烂

不恋群星的斑斓

只有一个信念

驶向心中的港湾

如果你就在河边

请你挥一挥手

它会停在你的面前

那一船的思念

都是浓浓的乡愁乡恋

月圆的日子

不说忧伤不说孤单

思你一生是我的情

念你一生是我的恋

不管你在哪里

我都祝你幸福

不管你在何处

我都祝你平安

祝你一生平平安安

写于：2022 年 09 月 10 日

乘一缕月光回故乡

倚窗遥望

遥望天边的月亮

月亮里

桂花飘零

玉兔泪淌

嫦娥脸上写着忧伤

秋夜清凉

星稀月朗

一颗孤寂的心啊

仿佛嗅到了

落花的幽香

陈酒的绵长

此时此刻

多想乘上一缕月光

飞回久别的故乡

在那盏古老的油灯下

再听外婆

把嫦娥的故事续讲

写于：2019 年 09 月 09 日

无月的夜

无月的夜

送你一束烛光

那是珍藏在我心中的太阳

让它照亮你的书房

也照亮你的心房

无月的夜

送你一束烛光

那是我从银河采来的星光

让它照亮你的面庞

也照亮你的诗行

无月的夜

送你一束烛光

那是我心灵闪烁的光芒

我愿用眸中的晶莹

伴着你等待黎明的曙光

无月的夜

星星在闪烁

那是我为你点燃的灯火

离你最近的那颗

就是燃烧的我

无月的夜
烛光在摇曳
那不是烛光
那是一颗心在为你跳跃
让它驱逐长夜的孤独
留下爱的欢乐

写于：2019 年 12 月 08 日

无月的星光

题记：

　　无月的夜晚，仰望天空，满天星斗闪烁银光。远处山花摇曳，变成一片美丽的花海；白玉兰热情绽放，飘溢出馥郁芬芳；小草、小花在风中摇曳，散发出阵阵清香。月亮隐去，星星完美亮相！无月的夜景很美，那是一种安静之美！

无月的星光
温柔明亮
像一片跳动的音符
在银河里闪着光芒
多情的风儿

把它们谱成
优美的旋律
在静夜里轻轻弹唱

夜色中的山花
带着羞涩的美丽
向着星光把爱示意
美丽的白玉兰
将花朵朝天绽放
让醉人的芳香
向着星光飘溢

小花小草
毫无睡意
舞着微风
翩翩起舞
向着美丽的星光献艺

啊星光温柔星光如水
你把浩瀚的苍穹打扮
你把神秘的银河点缀
你让这无月的夜色
更加温馨更加美丽

写于：2022 年 04 月 30 日

请君惜爱天上月

请君惜爱天上月
心语尽可对月说
千秋月儿守寂寞
总把光明给夜色
寂寞嫦娥泪水多
化作春雨润田禾
吴刚玉兔伴嫦娥
雪花全是桂花落

写于：2016 年 12 月 15 日

月亮

中秋之夜
我静坐湖边仰望月亮
一串串奇想又涌入心房

那月中的桂树
是正在落叶
还是满树花香
那可爱的玉兔
是正在欢跳
还是在觅食徜徉

那憨厚的吴刚
是在辛勤酿酒
还是在锁眉惆怅
那月宫的嫦娥呀
是在轻歌曼舞
还是在泪如雨淌

我无法看清月中的楼阁
却能看清嫦娥的模样
静默时那是嫦娥在把她的夫君怀想
曼舞时那是她想飞离月宫的寒凉

嫦娥呀嫦娥

你是那样地美丽和善良
可你又是那样地寂寞和忧伤
让我怎能不为你苦思冥想
让我怎能怎能不为你痛断肝肠？

写于：2020 年 10 月 01 日

心在月光里翱翔

题记：

　　月亮悬挂天上，引无数人把它谱

写成美丽的诗篇。让心中的情思和忧伤，乘上梦的翅膀，飞向心中的远方。

月光似纱轻扬

月光如诗情长

那缕温柔滑入心房

温暖着我心底的孤寂

安抚着我心灵的忧伤

月光似水流淌

月光如丝绵长

那缕安详沁入胸膛

慰藉着我无尽的思念

相伴着我远方的牵肠

我静静地把月亮遥望

心在月光里翱翔……翱翔……

写于：2024 年 02 月 07 日

今夜月光真好

今夜月光真好

我浮在它的身上

什么也不想

只在银河里飘荡

我把短笛轻轻吹响

我把诗歌写在心上

似水流年

成功当然好

失败又何妨

只要真心付出

就不枉来世一趟

我抚摸月光拥抱月光

粼粼月光照我梦乡

今夜我就是月亮

今夜我就是月光

我要把宁静的春夜照亮

等待等待明天的太阳

写于：2019 年 03 月 11 日

第七辑

草原恋曲韵悠长

那令人销魂的草原

又见春风吹绿了草原
又见雄鹰翱翔在蓝天
又见白云像天山的雪莲
又见河水倒映着雪山

驱车来到草原
吉祥的敖包依然壮观
额吉的奶茶依然香甜
羊群如云落在草原
悠闲的骆驼走过身边
那飞奔的骏马呀
正驰骋在碧绿的草原

草原啊令人销魂的草原
你是我的第二故乡
你是我魂牵梦绕的家园
看见你就看见了
我绿色的军装青春的容颜
看见你就看见了
军民共守的边关

弹指一挥间转眼几十年
你永远铭刻在我心间
心中有你

我的胸怀就宽广无边
心中有你
我的身心就永远伴着白云蓝天

写于：2021 年 06 月 16 日

草原最美七八月

七月草原美如画
八月草原景更佳
七月草原绿如海
八月草原遍地花

七月草原细雨洒
八月草原秋风刮
七月篝火照云雾
八月篝火映晚霞

七月骏马草上飞
八月骆驼花上跨
七月月儿云中走
八月星儿笑眼眨

草原四季都美丽
七月八月景最佳

欢跳一场安代舞
畅饮一碗马奶茶

亲手拉拉马头琴
轻轻骑骑蒙古马
草原神韵沁心头
让人怎能不爱她

写于：2019 年 08 月 01 日

冬季的草原

题记：

　　这首诗，我是坐在草原上的干草丛上写下的，草稿写完手都冻僵了。草原的冬天确实很冷，游人也少，但是很美，值得我们去看，值得我们去写。

天苍苍雪茫茫
风吹雪花草儿黄
草原四季都美丽
冬季草原更风光

你看那雪白的羊群

踩着银色的地毯
边走边吃
多像蓝天上的白云飘在草原

你看那成群老牛连成一片
老牛的眼睛
一眨一闪
恰似一汪清泉映着蓝天

你看那矫健的雄鹰在云中盘旋
一会落在山巅
一会直抵草原
多像战士守卫着边关

一群骏马踏着夕阳凯旋
一队骆驼摇着驼铃好不悠闲
晚风飘来了奶茶的香甜
马头琴声荡漾在暮色的天边

啊冬季的草原
你是深情的草原
你是幽静的草原
你是牧民休养生息的季节
你是牧民幸福的家园

写于：2020 年 12 月 15 日

草原我深爱的地方

天苍苍野茫茫
辽阔草原好风光
草青青花香香
白云飘处鸟飞翔

骏马奔腾
羊满山冈
天边的骆驼呀
送来驼铃的悠扬

黎明的东方
闪着玫瑰色的霞光
清晨的草原
是花的海洋

晚风送爽
霞映山冈
熊熊的篝火
映着霞光

月亮挂在树上
星星笑在天上
马头琴已经拉响
安代舞呀令人神往

美丽的草原
有我心上的姑娘
清晨傍晚
都要经过我的帐房

鞭儿响歌声扬
骏马艳装笑声朗
啊！草原
我深爱的地方
我心灵上的天堂

写于：2017 年 08 月 15 日

草原夜色美

月光星光
照耀着草原上的湖光
碧波荡漾
宛若静夜里的天堂

月光星光
笼罩着草原的苍茫
草儿散着清香
花儿飘着芬芳

095

月光星光

朦胧着草原的宽广

起伏的山冈

夜鹰在翱翔

月光星光

点缀着牧民的帐房

谁家还飘着奶香

谁家还琴声悠扬

月光星光

犹如草原上的烛光

它让草原的夜色更美

它让牧民的夜晚安详

写于：2019 年 09 月 19 日

相约草原去流浪

草原八月好风光

相约草原去流浪

马儿膘肥牛儿壮

绿草悠悠见牛羊

相约草原去流浪

草原深处把歌唱

马头琴声好悠扬

短笛高亢心激荡

相约草原去流浪

骑着马儿踏朝阳

晚霞映红大草原

目送夕阳下山冈

相约草原去流浪

秋风送爽山花香

采来野蔬当食粮

捕捉鱼虾做羹汤

相约草原去流浪

雄鹰展翅云中翔

牧羊姑娘笑声朗

何处传来驼铃响

相约草原去流浪

草原之夜洒银光

篝火映红半边天

安代舞场奶茶香

相约草原去流浪

走过一山又一冈

辽阔草原多宽广
一曲牧歌多嘹亮

写于：2018 年 08 月 20 日

天边飘来一朵祥云

清晨
天边飘来一朵祥云
那是额吉虔诚的祈祷
带给人们的温馨
清晨
天边飞来一匹骏马
那是斯琴姑娘用她的美丽
带给草原的欢欣

我登上最高的山顶
拉起我心爱的马头琴
我要把最美的乐曲
献给额吉那颗善良的心
我要将最美的旋律
献给斯琴姑娘那美丽的欢欣

我用悠扬的琴声
祝愿天下所有的善良人

都幸福安康
我用无疆的大爱企盼
世间一切美好的事物
都永葆青春

写于：2017 年 07 月 18 日

十月的草原

十月
草原泛起金色浪波
蔚蓝的天空
飘着白云朵朵

美丽的草原
连着美丽的浩特
那洁白的蒙古包呀
像白云住在山坡

俏皮的白云
时而在山头上起舞
时而又潜入湖中做客
时而像奔腾的马群
时而又像跋涉的骆驼

置身草原

瞭望天的辽阔

让人无法分清

哪是群山的巍峨

哪是繁荣的浩特

哪是放牧的羊群

哪是飘动的云朵

当夕阳西下

那金色的草原

又涂上了柔柔的红色

奶茶飘香琴声飘越

是谁唱起了

鸿雁南飞的恋歌

草原的十月

是美丽的季节

马背上的民族

充满了无比的欢乐

琴声歌声

是蒙族人民的情波

勤劳拼搏

是蒙族人民彩色的生活

写于：2017 年 10 月 28 日

草原最美我爱她

我爱草原上的草

我爱草原上的花

草原上的草呀绿如茵

草原上的花呀美如画

我爱草原上的云

我爱草原上的霞

草原上的云呀白如雪

草原上的霞呀像五彩的花

我爱草原上的羊

我爱草原上的马

草原上的羊群如珍珠洒

草原上的马儿走天下

我爱草原上的雨

我爱草原上的洼

草原上的雨呀情意长

草原上的洼呀盛满了霞

我爱草原上的人

我爱草原上的家

草原上的人儿心善良

草原上的家呀美如画

篝火熊熊映晚霞

琴声悠悠荡天涯

篝火映红团结舞

琴声伴着歌声雅

写于：2017 年 05 月 20 日

草原姑娘花为名

草原上的草啊青又青

草原上的花啊水灵灵

草原上的人儿最美丽

草原上的姑娘花为名

姑娘的名呀是花的名

花的名呀是姑娘的名

姑娘比着花儿生

花儿都像姑娘的容

对着花儿呀呼花名

多少姑娘齐答应

对着姑娘问花名

一群姑娘笑出声

天上的云呀白又白

地上的草呀青又青

草原上的花呀鲜又美

草原上的姑娘最多情

扬起鞭儿马奔腾

姑娘的笑声像银铃

琴声歌声赞花名

人名花名分也分不清

写于：2017 年 06 月 21 日

草原恋

草原采风千里路

风雨兼程未停步

仰观碧空云万朵

俯瞰莽原边何处

原上羊群白如雪

遍地山花香如故

雄鹰展翅云中飞

我枕琴声原上宿

写于：2016 年 07 月 28 日

草原颂

朵朵白云天上缀
青青草原翠欲滴
牛羊遍野百鸟啼
绵绵群山无边际

忽闻花香人惊喜
又听铃响马蹄急
情不自禁喜呼喊
欲把欢乐传故里

写于：2016 年 07 月 29 日

草原情

晚霞彤彤草青青
西风漫漫云匆匆
暮归牛羊映晚霞
回巢鸦鹊叫声声

蒙古包外烟袅袅
奶茶煮沸气腾腾
马头琴响曲悠悠
篝火染红云层层

写于：2016 年 07 月 30 日

草原赞

万里无云一碧天
莽原无边野花鲜
昨日白云今何在
已变牛羊落山川

岭上驱车寻美景
遥看天边云似莲
一首诗篇情不尽
再唱金曲赞草原

写于：2016 年 07 月 31 日

草原美

锡盟七月草青青
一望无际连苍穹
轻云薄雾如纱帐
绿丝毯上景朦胧

一阵清风微浪起

一缕霞光照花丛

牧羊姑娘鞭儿响

马头琴声入云层

写于：2016 年 08 月 01 日

再见了草原

当我轻举手臂

向你告别的时候

我才发现

晚霞中的你

是那样的温柔

霞光映红了你的面庞

也映红了你的娇羞

当我高举手臂

向你告别的时候

我才发现

晚风中的你

是那么的美丽

柔风亲吻着你的花朵

也亲吻着你的俊美

当我挥动手臂

向你告别的时候

我才发现

薄雾环绕的你

是那么的秀气

轻纱为你披上了晚装

让你更显妩媚

当我举酸了手臂

向你告别的时候

我才发现

夜幕笼罩下的你

已经点燃了激情的篝火

那马头琴的爱恋

早已飘荡在群山峡谷

当我放下手臂

转身离开的时候

发现我的心在颤抖

无法停留的泪水夺眶而出

就让那多情的泪珠

化成我的眼眸

永远和你相伴相守

写于：2016 年 08 月 02 日

101

每当想起草原

每当想起草原

我就会想起

那蓝天上的雄鹰

在天空中翱翔

在白云间穿行

给我无限的向往

给我无比的激情

每当想起草原

我就会想起

那骏马的奔腾

在绿茵上飞驰

在溪水上腾空

给我前进的力量

给我意志的坚定

每当想起草原

我就会想起

那烂漫的花丛

在山坡上绽放

在原野上峥嵘

给我美的芳香

给我爱的憧憬

每当想起草原

我就会想起

那湖水的清澈

蓝天在湖中倒映

彩云在水中流动

给我一片清新

给我一湾宁静

每当想起草原

我就会想起

牧羊姑娘的笑容

羊群在绿地上奔跑

姑娘在马背上放声

那是一幅多么美丽的画卷

那是一幕多么难忘的美景

写于：2017 年 03 月 08 日

草原之美

小草依依

小花艳丽

青山碧水绿地

风吹草低浪起

似水涟漪

绵绵小雨淅沥

牛羊归

姑娘歌起

奶煮沸

炊烟低

帐里一片笑语

草原雨后之美

令人醉

茵茵绿地如洗

百花争艳

百鸟展翅嬉戏

晚霞更兼篝火

马头琴

音飘云里

这美景

怎能不铭刻心底

写于：2017 年 08 月 21 日

第八辑

春之曲

我在春天里遥望

乍暖还寒的塞北
春天的脚步总是那么从容缓慢
冰雪慢慢消融
小草慢慢发芽
一场春雨过后
又飘起了雪花
那荒野里的一丛丛马莲
是春天里最早绽放的兰花

燕子在河面上穿梭翻飞
喜鹊在树林中叫声喳喳
早归的鸿雁
在冰河里挤得密密麻麻
那舞动的柳枝枝头
是谁惊喜地发现嫩绿的柳芽

春风一点点送暖
天空一点点变蓝
洁白的云朵飘满蓝天
也许这正是塞北
充满魅力的春天

我站在季节的渡口
深情的遥望

遥望春风即将吹渡玉门关
遥望塞北即将变成绿色的江南

写于：2023 年 03 月 25 日

五月的塞北

五月的塞北
春风柔柔细雨霏霏
蜻蜓点水蝴蝶双飞
路边的小花五颜六色
广袤的田野披上了绿衣

山间的草木正在疯长
陈年的落花已化作春泥
淅淅沥沥的小雨
正滋润着肥沃的土地

我站在天地之间
观看五月的塞北
那缓缓飘来的是满眼的绿
那初停的细雨
正把一道彩虹高高托起
从云隙里斜射下来的阳光
像细碎的金子洒满了一地

107

一曲山歌飘过

那是种田人在把豪情放飞

一阵笑语传来

那是山里人正在播种生活的希冀

播种生活的希冀！

写于：2022 年 05 月 20 日

早春的风儿

早春的风儿，带着温馨

吹过原野，吹过丛林

吹过黎明与黄昏

鸳鸯在河中戏水

小草泛起了绿茵

早春的风儿

像一双温柔的手

抚过蓝天，抚过白云

抚过溪水和羊群

蝴蝶在翩翩起舞

蜂儿在浅唱低吟

早春的风儿

像美丽的春姑娘

带来清新带来艳阳

带来满山的青翠和花香

严寒已悄然离去

明媚的春光托着彩云飞翔

啊早春的风儿呀

请让我与你同行

让我们一起

飞过高山飞过平原

飞过江河湖海

把百花播种把春天点燃

让最美的景色

布满祖国的锦绣河山

写于：2022 年 02 月 09 日

春光曲

春天的阳光明又亮

春天的风儿暖洋洋

春天的小草绿油油

春天的小花分外香

春天的蜜蜂嗡嗡叫

春天的蝴蝶在飞翔

春天的柳枝迎风摆
春天的喜鹊造新房

一群群小鱼水中游
一只只蝌蚪闹池塘
一队队归雁河中歇
一对对鸳鸯戏水忙

一片片杏花风吹落
一园园桃花正芬芳
一行行梨花白如雪
一朵朵李花喷喷香

一头头老牛田中走
一群群羊儿肥又壮
小伙子唱起了信天游
姑娘们穿上了花衣裳

春天的暖意心中荡
春天的景色在身旁
春天的流水哗哗响
春天的脚步好匆忙
紧挽春光不松手
劳动汗水随风淌
播下辛勤与希望
永不虚度好时光

写于：2021 年 04 月 05 日

阳春四月去踏青

阳春四月去踏青
春风拂面暖意融融
那洁白多姿的云朵啊
正飘荡在碧空

溪水潺潺泉水叮咚
那奔腾的河水
流淌着欢快的歌声

小鸟啼叫小草青青
那枝柔叶绿的杨柳啊
正舞动着春风

泥土芳香绿意葱葱
那辛勤劳作的人儿
正把希望播种

愉悦的心情在胸中涌动
那赞美大地的诗句啊
正在我脑海形成

浮躁的心情

让春风吹得无影无踪

那热爱生活的情怀啊

又在我心中绘出了丹青

写于：2021 年 04 月 10 日

早春二月春光美

一条小溪流过村庄

一片玉兰含苞待放

一对蝴蝶舞动翅膀

一头老牛踏着春光

遥望南山彩云飘荡

南山脚下马兰花香

河边垂柳随风荡漾

小鸟欢唱展翅飞翔

一场小雨送来清凉

雨后彩虹挂在天上

缕缕炊烟映照霞光

云中归雁成队成行

身宅高楼心系远方

异国游子在我心上

遍地花香为你铺路

满园春色等你回乡

写于：2020 年 02 月 24 日

早春的黎明

早春的黎明

薄雾轻轻

小林幽静

红日未出却见霞红

我在小林漫步

观溪水涌动

看小草初青

尽享这独处的自在

自恋这放飞的柔情

头顶一声鸟鸣

划破了小林的寂静

那么清脆那么动听

像冰融的山泉涓涓

像新折的柳笛声声

唤醒了小林的沉睡

开启了我尘封的心灵

啊！春天的音符

来得这么突然

来得这么匆匆

亭亭的白杨啊

你还没有穿好洁净的衣裙

便去约会早到的春风

娇柔的金柳啊

你还没有梳妆打扮

便去热吻早春的黎明

双手掬下一汪春光

花香飘在我的身旁

花朵开在我的心上

天空已放飞我的梦想

天边是我渴望的地方

脚下的沙砾和波浪

奏着铿锵的交响

初升的太阳照亮我的前方

啊！心上的花朵啊

为我洒下一路芬芳

写于：2018 年 03 月 28 日

写于：2019 年 02 月 21 日

一路芬芳踏春光

虽然昼还短夜还长

虽然天还冷风还凉

我依然站在风雪的路口

把明媚的春光眺望

眺望那金色的太阳

激情在血液中流淌

拥抱那温暖的柔风

山村春晚

半天红云半天霞

夕阳落处有人家

东风飘来笛一曲

音柔心暖望归鸦

车行山间暗香来

野花丛中丁香开

小村多年不相见

油路两边花成排

写于：2017 年 06 月 18 日

春来了

春的脚步悄无声息

漫步河边

眼眸盈满了惊喜

你看那垂柳已泛起了新绿

你看那鸳鸯正在水中嬉戏

树上的小鸟

唱着欢乐的小曲

破土的小草

露出了翠绿的新衣

早归的鸿雁

在水上翻飞

不知把捎来的书信

投到了哪里

是谁把风筝送上了蓝天

让它与白云亲昵

是谁让晚霞缓缓升起

染红了炊烟

染红了春水

风暖了心喜了

展开紧锁的眉宇

向远方望去

啊！春来了春来了

好美好美！

写于：2019 年 03 月 09 日

华北四月春光美

蓝天上飘着白云

青山上披着绿荫

那碧浪滚滚的麦田呀

正扬花抽穗清香怡人

桃林嫣红梨园缤纷

那蜂飞蝶舞的花丛啊

处处莺歌燕舞百鸟争鸣

山花烂漫大地如茵

那勤劳的人儿啊

正在那如画的田园里耕耘

河水清澈花香沁心

那一个个古老的山村啊

正焕发着美丽的青春

我自驾爱车飞驰

在明媚的春光里

把美丽尽享

将幸福追寻

我要把我激情的诗篇

播种在祖国的大地

我要把我如火的热忱

献给伟大的劳动人民

写于：2020 年 04 月 01 日

初春

严冬悄然离去

东风送来暖意

万物苏醒待春雨

河边垂柳先绿

刚见冰雪消融

便有鸳鸯戏水

一颗爱心在心底

春夏秋冬都美

写于：2017 年 02 月 05 日

祖国之春

塞北的雪花还在飘零

江南大地已是柳绿花红

塔里木河还在冰封

钱塘江水已是波涛汹涌

高原上的残雪还未消融

平原上的小麦已经返青

黄河壶口还载着流冰

长江两岸已是鹰飞鸟鸣

啊祖国啊辽阔的祖国

你北方的飘雪是春天

你南方的花红也是春天

你西部的冰封是春天

你东部的浪涌也是春天

祖国的春天啊

你是一道神奇的风景

雪花荡着春风
鲜花托着憧憬
流冰载着希望
浪涌呼出豪情

我爱你啊我的祖国
我爱你啊我的神州
我要为你尽情欢呼我要为你放声歌
唱!

写于：2019 年 02 月 13 日

我的塞北和江南

塞北的雪花
还在空中飞旋
江南的小花
已经开满了山川

塞北的弯月
还挂在雪山之巅
江南的风儿
已经温润拂面

塞北的小溪

还在冰下潺潺
江南的水乡
已是生机盎然

塞北的田园
还在冰封沉睡
江南的花草
已是争奇斗艳

当南飞大雁
向北回还
塞北的山河
换了新颜
杏花开满山
桃花香满园
小草原上绿
碧水映蓝天

啊
这就是我辽阔的祖国
这就是我美丽的河山
塞北和江南
都是我热恋的故土

江南和塞北
都是我幸福的家园

都是我幸福的家园

写于：2021 年 12 月 19 日

塞北之春

塞北之春气象新
花红柳绿醉游人
满山杏花风吹落
遍地桃花又争春

冰雪化作春江水
鸳鸯戏水不离分
云中鸿雁捎书信
多少真情动人心

蜂飞蝶舞采花蜜
花儿朵朵皆有魂
喜鹊高枝喳喳叫
春到塞北最喜人

神州大地春光美
福降华夏好儿孙
塞北之春美如画
梦想中国定成真

写于：2021 年 04 月 19 日

山乡春色

一条小溪流过村庄
好像姑娘纵情歌唱
一阵清风吹过山梁
好像天女送来花香

一片祥云洒下甘霖
漫山遍野披上新装
一轮红日走下山岗
一片彩霞映红面庞

一弯明月挂在天上
万家灯火映着星光
一条油路铺进村庄
村民的心儿飞向远方

写于：2021 年 06 月 23 日

踏青

离开喧闹的小城

我到郊外去踏青

春风拂面暖意融融

那洁白的云朵啊

正飘动在碧空

离开喧闹的小城

我到郊外去踏青

溪水潺潺泉水叮咚

那奔腾东去的河水啊

像唱起了歌声

离开喧闹的小城

我到郊外去踏青

鸟儿啼叫小草青青

那枝柔叶绿的杨柳啊

正舞动着春风

离开喧闹的小城

我到郊外去踏青

泥土芳香草木葱葱

那辛勤劳作的人儿啊

正把希望播种

离开喧闹的小城

我到郊外去踏青

愉悦的心情在胸中涌动

那赞美大地的诗句啊

已在我的脑海形成

离开喧闹的小城

我到郊外去踏青

浮躁的心情

恢复了平静

那热爱祖国的情怀啊

又在我的心中绘出了丹青

写于：2017 年 03 月 02 日

春日喜游野三坡

山上杏花开满坡

山下河水闪银梭

白云生处松林翠

春水深深柳婀娜

欢声笑语人如潮

喇叭声声车如梭

攀登高峰赏美景

赞歌一曲出心窝

写于：2017 年 04 月 03 日

劝君踏青莫来迟

又是春风吹绿时

劝君踏青莫来迟

已闻山泉叮咚响

更见溪边草地湿

彩云倒映春江水

百鸟争鸣觅新食

春回大地风光好

陶冶情操心充实

写于：2017 年 03 月 19 日

第九辑

秋天畅想曲

塞北秋日

塞北秋日万里碧空

我坐在小山之巅

看山峦青青闻花香浓浓

心如湖水清静从容

时近中秋黄叶飘零

林中小径已铺成金色

山中枫叶变得嫣红

秋风送来了凉意

阴霾被吹得无影无踪

夕阳为白云镶上了金边

晚风把炊烟飘进了云层

暮归的小鸟叫得叽叽喳喳

满山的松柏更显郁郁葱葱

南山脚下

是谁种下的菊花

在风中摇着倩影佳容

那浓郁的花香

溢满了群山之中

山花烂漫溪水淙淙

色彩斑斓的群山

已被晚霞映红

一群白鹭从溪边飞起

一行鸿雁啼叫在云中

啊塞北秋日的塞北

你是我眼中最美的风景

你是我心灵上的泉水叮咚

我要放声地把你歌唱

我要倾情地把你写入

我的诗中我的诗中

写于：2021 年 10 月 20 日

秋日的傍晚

秋日的傍晚

宁静安详微风送爽

我在院中饮茶闲坐

看晚霞看哨鸽看炊烟

我爱晚霞的绚烂

炊烟的飘渺

哨鸽的悠闲

我爱晚霞染红的炊烟

我爱炊烟飘来的香甜

我爱哨鸽在我的头顶

自由自在地盘旋

我用我的爱恋

欣赏大自然

大自然用她的美丽

滋润我的心田

我知道

心如止水才能宁静致远

心态平和才能享受自然

与事无争才能颐养天年

我愿把我的余热化作诗篇

把我的感恩化作奉献

把我的爱心

献给幸福的今天

写于：2021 年 08 月 22 日

深秋心曲

菊花还在摇曳娇容

大地已吹来了寒风

树上果实已被摘去

金黄的叶子随风飘零

晚霞映红了洁白的芦花

云中鸿雁正啼叫声声

我在旷野里独行

眼前是黄色的土地

耳边是归巢的鸟鸣

小溪流水轻弹着乡音

柔软的柳枝摇着清凉的长风

望着袅袅升起的炊烟

看着天边残留的夕阳红

一缕无名的思念又涌上心头

我把一支深藏的心曲

轻轻吟唱

唱给这弯月初升的天空

唱给这鸿雁南去的征程……

写于：2019 年 10 月 30 日

大雁南飞

题记：

　　北方的深秋，犹如一幅美丽的

画卷。河水汤汤，垂柳依依，芦花似雪，夕阳如血。雁阵南飞，其鸣嘹唳，声声扣心。此景此声，泛起心中的情思与憧憬，遂成此诗。以记幽怀。

大雁南飞的时候
我的秋天还远没结束
小河流水泛着波浪
岸边垂柳在风中荡漾
水中芦苇挺着胸膛
那整齐飘逸的芦花啊
染红了玫瑰色的夕阳

我走在河边的小路上
晚开的菊花散发着清香
草中的秋虫还在低声吟唱
水中的鸳鸯留恋着故乡
归巢的鸟儿叽叽喳喳
匆匆地在晚霞中飞翔

初升的月亮闪着柔光
南飞的大雁成队成行
声声雁叫入我心房
我的心儿又飞向了远方
但愿今夜有梦
梦到大雁南去的地方

梦到大雁归来的故乡

写于：2020 年 10 月 11 日

多彩的秋天

秋天是红色的天
漫山的枫叶
被染得如火艳艳

秋天是黄色的天
无边的稻田
被染得金光灿灿

秋天是白色的天
蔚蓝的天空
挂满了洁白的丝棉

秋天是橙色的天
满山的柿树
挂着一张张微笑的脸

啊秋天你是多彩的天

你把神州大地祖国山河

染得锦绣壮丽色彩斑斓

写于：2018 年 10 月 18 日

秋韵

一场秋雨一场凉
一片秋菊一片黄
一湾池水起微浪
一群飞鸟采食忙

一原牧场牛羊壮
一望农田万担粮
一阵西风飘落叶
一山红叶映霞光

写于：2016 年 10 月 18 日

秋思秋韵

西风送来清凉
晚霞洒满山冈
归鸦云中成队
雁叫和着琴响

河水泛起涟漪
柳丝风中飘荡
遥望鸿雁南去
思念断我柔肠

登高西望
天边浮着红红夕阳
回首东看
夜空挂着弯弯月亮

写于：2018 年 10 月 10 日

一江秋水半江霞

一江秋水半江霞
岸边芦苇正扬花
满山红叶水中映
羞月弯弯挂山崖

独坐枫林观秋景
心系诗友在天涯
一首诗文雁捎去
星光照我夜归家

写于：2016 年 11 月 07 日

124

我多想将你挽留

秋天迈着匆匆的脚步
向我们挥起分别的手
我多想将你挽留
求你放慢点脚步

你看那丰收的人们
还在笑声里忙碌
你看那满山的红叶
还没把多情之火燃透

秋天啊
你的风采依旧温柔
我们和你还没呆够
你干嘛急着要走

你笑着摇摇手
说你也有规律要遵守
该来则来，该走则走

我慢慢地品味
细细地琢磨
原来世上万物
都有规律要守
一切事物

都只可遇而不可求

写于：2017 年 09 月 28 日

塞北深秋好风光

忽见雪花随风扬
塞北深秋披银装
晚霞又把枫林染
红叶落雪闪银光

袅袅炊烟伴雾起
飞雪来去好匆忙
云中已见鸿雁过
河里鸳鸯戏水忙

写于：2016 年 10 月 30 日

塞北深秋美如画

淅淅沥沥哩哩啦啦
塞北的雨啊不停地下
塞北的风呀不停地刮

125

收过秋的田埂埂

小草又都发新芽

绿油油的铺满地

就像铺上了琉璃瓦

农家院里的丝瓜架

寒风冷雨全不怕

上面开着金黄的花

下面挂着绿色的瓜

墙头上的老倭瓜

一个一个秧上挂

叶子枯了藤不断

又黄又圆像金娃娃

山腰腰上的野葡萄

顺着坡坡往上爬

一串串的果实呀

就像春天里的丁香花

河边上的风呀呼啦啦

飘零的叶呀像蝴蝶花

枫树的叶儿迎风舞

摇摆的树枝像火把

秋草黄秋菊香

白云飘飘雁成行

河水哗哗东流去

鸳鸯戏水恋故乡

淅淅沥沥哩哩啦啦

塞北的雨呀不停地下

塞北的风呀不停地刮

蔚蓝的天空白云挂

洁白的云朵映彩霞

塞北深秋美如画

叫我如何不爱她？

写于：2017 年 10 月 18 日

素冬琼花诗萃

宁静的冬夜

题记：

　　月亮悬浮深邃的天空，繁星闪烁浩渺的银河。行道上的垂柳在灯光下婆娑摇曳。动物归巢栖息，人们进入梦乡。冬夜显得特别宁静和安详……

冬夜的月亮
皎洁而安详
银河的星光
浩渺而明亮
地面上的垂柳
像哨兵一样
站在街道两旁
守卫着安睡的家乡

夜好静好静
静静的街道
静静的灯光
静静的楼宇
静静的书房

夜鹰哪去了
蝙蝠哪去了
流浪的小狗哪去了

就连晚风和小河的流水
也没了声响

啊冬夜呀真静真静
静出了美丽
静出了安详
静出了思念
静出了幻想

在这宁静的冬夜里
寂寞插上了翅膀
思念飞向了远方
飞向了遥远遥远的地方……

　　　　写于：2019 年 01 月 20 日

北方的初冬

题记：

　　红叶凋零铺大地，玉蝶飘絮降云天。南飞鸿雁无踪影，青松傲雪立山巅。伫立山坡望远方，情深意重胜川江。春风又绿苍茫地，鸿雁飞归曲韵扬。

北方的初冬

大地一片苍茫

凋零的红叶随风飘荡

晶莹的雪花空中飞扬

南飞的鸿雁没了踪影

青松傲雪挺立山岗

谁在雪中眺望远方

思绪万千泛起波浪

心有真情何惧寒霜

心有真爱人更坚强

万物苍凉又有何妨

待春风拂面

桃花盛开杏花飘香

待冰雪消融

水流潺潺奔向海洋

待南飞的鸿雁

成队成行又回北方

我定把金樽斟满

琴声拉响

让美酒飘香

曲调悠扬

让人世间的真情真爱

永远在这多情的土地上

绵延闪光地久天长

写于：2022 年 12 月 22 日

冬趣二首

（一）

红叶落尽树安眠，

雪花遍野入冬天。

鸿雁捎书已南去，

悠悠笛声荡云间。

夕阳落山霞犹在，

百花逝去梅花鲜。

四季都有美景在，

净化心灵享安然。

（二）

秋去冬来雪漫天，

梦幻世界又复原。

空中不见南飞雁，

笛声响处起炊烟。

红叶伴雪风中舞，

窗前举杯乐无边。

此中乐趣谁能解，

不是神仙胜神仙。

130

写于：2019 年 11 月 18 日

看似无情却有情

寒冷的初冬
用它美丽而特有的晶莹
在我窗户的玻璃上
绘出了一幅朦胧的丹青

旭日染红窗棂
朝霞吻醒我的梦
我静立窗前
细细品味这洁白的画作
和冰霜展现的真情

美丽的霜花乘着长风
南飞的鸿雁在云海里飞行
起伏的波浪像是千山万岭
美丽的冰花
像是长白山上的雪松
那密集的雪花呀
像是天女翩舞在太空

多情的冬啊
你看似无情却有情

你把寒冷化作美丽的画卷
你用大爱倾诉着深情

我爱严冬的浪漫
我爱冰雪绘就的丹青
我愿做一朵小雪花
永远在洁白透明的世界里飞行

写于：2017 年 12 月 30 日

又见静夜雪花飘

久违的雪花
飘洒在夜里
像飞舞的蝴蝶
随风飘逸

看着你的轻盈
看着你的美丽
我怀念的那片牧场
又在心中泛起涟漪

久违的雪花
飘洒在夜里
洋洋洒洒一片生机

我仿佛听到了
草原上的马蹄哒哒
像盛夏的暴雨
在我心灵上敲击

久违了的雪花
飘洒在夜里
漫天飞舞
尽显安逸

我想起了慈祥的额吉
在风雪的凌晨
一边照顾好牛羊和马匹
一边又把浓郁的奶茶煮沸

久违的雪花
飘洒在夜里
银白的世界
让人欣喜

望着雪花的晶莹
看着雪花的美丽
我的心儿早已漫游在
那白茫茫的草地

帐篷里的奶茶飘香

帐篷里的歌声洋溢
那马头琴悠扬的旋律呀
伴着酒香让我陶醉
让我陶醉

写于：2018 年 01 月 07 日

霓虹灯下的雪花

夜幕快要降临的时候
天空布满了乌云
不知不觉雪就下起来了
漫天的雪花
纷纷扬扬从天而降

转眼间
山峦白了原野白了
村庄和城市也变白了
整个世界白得
犹如童话里的冰雪王国

夜幕降临了街灯亮了
晶莹的雪花在灯光的照射下
像芦花在飘动
像蝴蝶在飞舞

132

那么优雅那么从容

路两旁的人行道上
两行枫树挂满了雪花
压弯的枝条
在微风中低垂着
远远望去
就像春天里盛开的梨花

我漫步在"梨花"下的人行道上
同行的车辆闪烁着灯光
与街道两旁的霓虹一起
将飞舞的雪花染得
色彩斑斓如梦如幻

望着霓虹下的雪花
我的心儿又飞向了
遥远遥远的地方
但愿远方的人儿
也能与我一起欣赏
这家乡的风景
这雪花的深情

写于：2016 年 11 月 30 日

我爱塞北的初冬

我爱塞北的初冬
蔚蓝的天空
洁白的云层
像戈壁上起伏的大漠
像大海上奔腾的浪涌

我爱塞北的初冬
寒冷的长风
把尘埃扫清
红叶在风中飘零
小路铺满了枫红

我爱塞北的初冬
飞舞着雪花
美丽而晶莹
白云飘荡在碧空
彩霞笼罩着群峰

我爱塞北的初冬
溪水涓涓河水清清
洁白的芦花在风中起舞
静静的河水
把肥沃的田野灌溉润融

133

我爱塞北的初冬

金色的菊花还在绽放

洁白的雪花已洒下鹅绒

风雪中的秋草啊

在溪边地角依然郁郁葱葱

我爱塞北的初冬

田野里是丰收的喜悦

大地上是美丽的风景

金曲为你奏响

诗篇为你吟诵

爱你呀美丽的塞北

爱你呀塞北的初冬

写于：2016 年 11 月 12 日

绚丽的深情

当漫天雪花落满枫林

枫林的鲜红

变成了一片

多彩的晶莹

当柔柔夕阳

把山岗染红

西天的云彩

变成了一片胭脂红

地上的晶莹

映照着天上的胭脂红

天上的胭脂红

染红了地上的晶莹

啊！天上人间相辉相映

这是一道多美的风景啊

不那不是风景

那是天地之间的沟通

那是最美心灵的永恒

写于：2017 年 01 月 19 日

大雪飞扬雪花飘香

大雪飞扬雪花飘香

如果你闻到了雪花之香

那你就会乘上雪花的翅膀

在美丽的太空翱翔

大雪飞扬雪花飘香

如果你说你闻到了雪花之香

那你一定会受到

种田人的敬仰

因为那雪花之香

正是种田人的心灵之香

大雪飞扬雪花飘香

大地铺上了雪被一床

那是种田人的希望

那是五谷的温床

大雪飞扬雪花飘香

飘出了银白的世界

飘出了梦幻的吉祥

飘出了幸福的希望

飘出了种田人的心花怒放

写于：2019 年 12 月 26 日

初春雪花飘大地

初春雪花飘大地

大地初春换新衣

我坐在窗前观雪

那纷纷扬扬的雪花

晶莹剔透艳丽无比

飞舞的雪花

有的像盛开的梅花

优优雅雅直落大地

有的像米兰的花粒

相伴相随飘来飘去

他们迎风起舞千姿百媚

时而与风嬉戏时而又腾空而起

静静观雪心中无比惬意

我多想乘风而起

与雪花一起飘逸

飘过长城内外

飘过大江南北

尽观华夏山河之雄伟

尽享神州大地之美丽

写于：2017 年 02 月 20 日

大雪时节西风寒

大雪时节西风寒

塞北处处银光闪

朝阳彩绘千朵云

晚霞染红万座山

踏雪登高豪气壮
彩云伴我步山巅
归鸦似箭如风去
夕阳如血挂天边

写于：2016 年 12 月 21 日

飘在静夜里的雪花

你轻轻地轻轻地飘
你静静地静静地飞
你把你的美丽洒满了大地
你把你的爱心奉献在夜里

漫天的雪花是你慈爱的泪水
满地的晶莹是你深情的泪滴
那白茫茫的雪地呀
是你用大爱铺就的新衣

我漫步在宁静的夜里
欣赏着你凄美的舞姿
聆听着你委婉的细语
雪花落满了我的棉衣

我的那颗心呀

已溶化在你的怀里
我愿与你相伴相随
不离不弃
一起飞到南疆与塞北
一起飞到东海与西域
为冬日的大地铺满棉絮
为寒冷的山川披上锦衣

我还要把
我自己弹成绵絮
为你做一件新衣
在漫长的冬季里
让你感受我的温暖
让你感受我的情意

写于：2016 年 12 月 21 日

观雪

塞北雪花漫天舞
踏雪观景犹如毡上走
大好河山披锦绣
梨花又开千万树

意犹未尽天已暮

夕阳余辉染红回家路

小城灯火已亮起

慢哼小曲步依旧

写于：2016 年 11 月 30 日

初雪落燕山

西风古道岭相连

驱车慢过锁阳关

仰望山巅雪漫漫

峡谷深处见炊烟

险峰峻岭生奇景

满山红叶雪中燃

天池碧水深千尺

云飞霞落照燕山

写于：2016 年 01 月 06 日

我是一朵小雪花

我是一朵小雪花

我生在云中

飘在空中

我有我的方向

我有我的征程

我是一朵小雪花

我乘着东风

漫舞飞行

我有我的使命

我有我的初衷

我不会任意飞行

也不会贪图风景

我要和我的兄弟姐妹

飘落大地

融入土中

把万物滋润

把水源补充

待春回大地

万物苏醒

我就是那

小草青青

花香浓浓

待春色满园

万紫千红

137

我就是那

溪水潺潺

泉水叮咚

这就是我的使命

我的初衷

这就是我的大爱

我的光荣

写于：2018 年 01 月 27 日

乘上雪花去飞行

雪花真美雪花飘零

让我们乘上雪花去飞行

飞越江河与湖海

飞越南北与西东

像雄鹰穿云破雾

像鸿雁北飞南行

谁说人生短暂

谁说时光匆匆

一路前行就是成功

雪花真美雪花飘零

让我们乘上雪花去飞行

飞越五湖与四海

飞越蓝天与苍穹

像卫星环绕地球

像飞船驶入太空

不管酸甜与苦辣

不管艰难与险情

永不退缩就是英雄

永不退缩就是英雄！

写于：2023 年 12 月 30 日

雪花

你晶莹剔透美丽无瑕

你飘飘洒洒从天而下

在天上你是光彩夺目的天使

在地下你是银装闪闪的光华

在霓虹闪烁的光影里

你是如花似玉的舞者

在淡淡的路灯下

你是千树万树盛开的梨花

我站在门前

静静地把你欣赏把你赞夸

抬起腿却不忍落下

我怎能把你的圣洁践踏

我怎能把你的肌肤留下伤疤

我要等待温暖的春风

把你接走

我要看见明亮的阳光

将你升华!

写于：2021 年 01 月 14 日

梦中的雪花

昨夜我又梦见了雪花

漫天的雪花

像洁白的鹅绒

纷纷扬扬铺满大地

我伫立在霓虹灯下

凝视着那数不胜数的小雪花

翩翩起舞美丽无比

雪花滑过我的脸颊

宛如儿时妈妈的吻

朦胧的天空无限神秘

飘舞的雪花却是温馨甜润

一声响雷伴着沙沙雨声

将我从梦中惊醒

隔窗望去

闪电与霓虹交相辉映

密密的雨滴

飘飘洒洒直落大地

那长长的雨线

在灯光的照射下

显得格外清晰而明亮

眼前的细雨和梦中的雪花

在我心中交会

分不清谁比谁更美丽

它们都是来自天空

回归大地

带着一生的光辉和爱恋

投入母亲的怀里

我爱恋雪花

我赞美细雨

我多想让它们的诗情画意

永远留守在我们的心里

雪停的黎明

题记：

　　雪停的黎明，走在河边的小路上，看东去的流水，听南来的鸟鸣；观旭日东升，霞染雪峰；望绿柳青丝，摇曳微风……好美的一幅晨景图！！

雪停的黎明

大地洁白宁静

只有我的脚步声

像一只会唱歌的小鸟

吱吱地伴我前行

走在河边的小路上

冰雪正在消融

河水淙淙流动

青嫩的柳枝

在晨曦中摇曳着春风

我向摇曳的柳枝挥手致意

我向东去的流水倾注深情

在这孤独又惬意的宁静中

我的目光已飞向远方的风景

雪停的黎明

旭日镌刻出万种风情

雪山放着异彩

青松郁郁葱葱

白云已被染红

晨飞的小鸟唱着黎明

啊好美好美的春天呀

我多想多想变成一只百灵

在祖国辽阔的大地上

在神州温暖的春天里

飞行飞行

写于：2020 年 03 月 20 日

雪花下的梦

寒冷的冬天

飘着温柔的雪花

微风吹来

雪花漫舞

漫舞成一个银色的世界

在那银色的世界里
风儿轻弹着雪花
雪花变成蓬松的棉絮
那蓬松的棉絮下面
藏着无数美丽的梦

梦在相思梦在相逢
梦在憧憬梦在升腾

当旭日把雪山映红
当春风送来了彩虹
那绚丽多姿的风景
便是雪花下面飞出的梦

写于：2022 年 03 月 30 日

迎春的雪花

迎春的雪花
静静地飘洒
飘洒在临近的年关
飘洒在宁静的夜晚

我踏着松软的雪地

走在夜幕笼罩的街道上
虽然行人和车辆稀少
但我并不感到孤单
因为我的身边
有飞舞的雪花相伴

望着灯光下翩翩起舞的雪花
我仿佛看见了美丽的春天
冰雪消融杨柳发芽
小鸟歌唱玉兰开花

雪花呀迎春的雪花
你是那样地圣洁
那样的潇洒
爆竹为你炸响
红灯为你高挂

你知道吗？那是人们
希望这个世界永远祥和安定
普照阳光
那是人们
希望这个世界永远生机勃勃
充满希望

写于：2022 年 01 月 29 日

第十一辑

雨中畅想曲

秋雨黎明

题记：

秋雨潇潇洒大地，晨风缕缕拂面凉。红叶飘零送鸿雁，菊花凌寒放清香。雨中漫步赏秋景，丝丝烟雨入心房，欲问长风何处去，一片真情献远方。

秋雨飘洒的黎明
轻拂着微凉的晨风
地面上的流水
映着天空的倒影

世间万物
仿佛要让雨水洗净
那丝丝烟雨下个不停
给人带来深情的联想
静美的憧憬

池中的秋菊
花朵艳丽轻摇倩影
池边的海棠
果实压枝鲜亮晶莹
墙角下的小草
头顶小花依然安静

我撑着雨伞
漫步在雨中
迎面吹来的
是带着清香的长风
耳边响起的
是敲打心灵的雨声

抬头已见枫叶飘零
侧耳又闻鸿雁啼鸣
哦又是一年秋将尽
又是一年雁南行

飘雨的黎明
是思念的黎明
脚下的水声
是情感流淌的心声
请让我深情地把远方遥望
请让我写出梦幻般的诗境
请让我把心中的思念寄走
请让我献给远方一片真情
一片真情……

写于：2023 年 10 月 06 日

145

秋夜听雨

淅淅沥沥的小雨
飘洒在宁静的夜晚
那雨打树叶的沙沙声
显得格外动听

蒙蒙的细雨
洗刷着楼前的老树藤
也轻轻地敲打着
花坛里盛开的花丛

屋檐上落下的雨滴
发出有节奏的叮咚
心中不断涌动的诗句啊
我吟诵在口中
吟诵是今晚的宁静
赞美是秋雨的多情

夜晚的宁静
把我浮躁的心绪调整
小雨的多情
让我纷乱的心情平静

我企盼
每一个夜晚都如此宁静

我期望
每一场小雨都如此多情

写于：2017 年 09 月 20 日

山乡美景二首

一

雨后西天别样红
行云彩霞百媚生
夕阳已落青山后
仍将胭脂洒空中

二

骑车独行伴晚风
野花晚霞相映红
乡间道路昔非比
两行花丛映路灯

写于：2016 年 09 月 16 日

雨季的云

题记

蔚蓝的天空，飘着千姿百态的云，当它们化成晶莹的雨滴时，让人产生无限遐想。淅沥沥的雨声，好似要唱尽人间的悲欢，唱尽相思的情爱，唱尽友谊的升华……

你看那蔚蓝的天空
飘着千万朵洁白的云
它们有时相聚有时分离
相聚时喜极而泣
淌下晶莹的泪滴
分离时依依不舍
留下相思的虹霓

相聚的泪滴
是爱的宣泄情的放飞
离别的虹霓
是友谊的升华真情的凝聚

我踏着晚霞的余晖
把随身携带的短笛轻轻吹起
那柔柔的笛声中
有我亲切的话语

那放飞的音符里
有我真诚的希冀

绚丽的山花
开满了多情的雨季
人世间的尘埃
正被雨水轻轻洗涤

在这月光如水的夜晚
我要唱一首深情的歌
那是相聚的泪滴
那是离别的虹霓
那是爱的甘霖
浸满多情人的心里
……

写于：2022 年 07 月 15 日

春雨

傍晚敲窗的雨声
在幽静的书房里荡漾
橘黄色的烛光
跳动着欣喜的光芒

147

我坐在灯下铺好纸张

想把这文静的春雨

译成诗行

让朋友和我一起分享

古老的屋檐

留不住春雨的痴狂

一串串雨滴

把地面上的石板敲响

听着响声

我似乎看到了小草的嫩绿

闻到了小花的幽香

只是分不清那小花的幽香里

有几分是泥土的芬芳

当我推窗观望

啊那千万条雨丝

竟变成了漫天的雪花飞扬

我好惊喜

那美丽多变的春天

那如梦如幻的雨雪

又跳进了我欢乐的诗行

写于：2021 年 03 月 10 日

雨中的田园

雨中的田园风景如画

你看葵花低下了头

和马铃薯说着悄悄话

远处的槐花散发着幽香

把细雨陶醉

让悄悄话说得更甜蜜

那调皮的风儿轻轻吹过

让玉米的叶子翩翩起舞

让小白杨热烈地鼓掌

我站在树下

和我的小花狗说话

喳喳的喜鹊使劲地打岔

这田间的雨呀

淅淅沥沥毫无停意

好像非让你久久地欣赏

这田园的风景

这小雨的多情多意

写于：2021 年 06 月 20 日

秋雨

秋雨绵绵秋水长

秋风阵阵秋意凉

独守孤窗望秋雨

雨中菊花分外黄

轻举油伞雨中走

雨点声声敲心房

忽儿雨停望晴日

漫山红叶送雁忙

写于：2019 年 09 月 26 日

雨后的黄昏

雨后的黄昏

我独步在幽静的小林

河水泛着波浪

泥土散发着清香

月亮露出了笑脸

夕阳正走下山冈

林中的小鸟

把归巢的小曲欢唱

那流动的彩云啊

像艳丽的花朵

挂在高高的树梢上

我踏着异乡的小路

遥望着多彩的天空

心中的那份思念

又在我的脑海里涌动

那涌动溅起的浪花

变成了飘不走的云彩

在我的头顶上盘旋

我轻轻摘下一朵

放在胸前一嗅

就嗅到了久别的

故乡的芬芳……

写于：2017 年 07 月 12 日

雨中漫步与风雨同行

一阵风起一片云涌

一声雷鸣一片雨声

行人奔跑车辆疾行

149

这雨中的风景呀
我却情有独钟

我在雨中独行
雨伞随风抖动
雨鞋趟在水中
任风吹雨打任道路泥泞
我乐在其中

看电闪听雷鸣
我的心情格外宁静
观风起望云涌
我的心海一片风景

雨点为我奏乐
风儿与我同行
水流泛起浪花
眼前雨雾朦胧

雨水为小城洗礼
甘霖为我净化心灵
在雨中漫步与风雨同行
又何尝不是一种人生

写于：2018 年 08 月 26 日

雨

我喜欢雨
喜欢淅淅沥沥飘飘洒洒的雨
因为雨能够宣泄内心的忧郁
能够滋润善感的心绪
我总觉得雨是上帝慈悲的泪
是对有情人的安慰

听着雨打树叶的声音
就像听到了马头琴悠扬的乐曲
闻着雨湿泥土的气息
就像回到了母亲的怀里

雨的朦胧
雨的安静
将我与喧闹的世界隔离
带我走进了内心世界的静美

我把脑海里的思念放飞
我把多情的眼泪滴垂
我把人世间的美好寻觅
我为多情的小雨谱曲

感谢小雨给我的慰藉
感谢雨天给多情人的安慰

感谢云庭温柔的泪水
送给人间的深情厚意

写于：2018 年 06 月 25 日

雨天

我喜欢雨天
喜欢淅淅沥沥滴滴答答
下着小雨的雨天

因为雨天里
可以在窗前读书
也可以在雨中散步
都会感到无比的惬意

飘雨的时候
是思念的时候
曾经的人和事
总是涌进脑海里

想起昔日的朋友在一起
打打闹闹多么开心
说说笑笑多么亲密
一桶散啤一堆花生米

就可从白天喝到夜里

如今你们还好吗？
你们现在都在哪里？
多想和你们再坐一坐聚一聚
看着陈旧的电话簿
只有一声叹息

这些年只知道工作工作
竟把亲情友情淡出了记忆

人啊！
总是醒悟得太迟
明白得太晚
等醒悟了明白了
才知道太晚太迟了

写于：2018 年 06 月 06 日

雨之情

每当白云布满了天空
天空压低了云层
我那盼雨的心啊！
总是充满着喜悦和激动

151

起风了下雨了

那清脆的雨点声

敲打着我的窗棂

也敲打着我的心灵

坐在窗前观雨

别有一番心情

看那千万条雨线

从天而降

多么酣畅多么急匆

电闪雷鸣

好像撕裂了宇宙苍穹

可我那爱雨的心啊

反倒更加甜美平静

我爱看雨中的花伞

那是一道亮丽的风景

更爱看大雨洗过的绿地

花草显得更艳更红

遥望远处的群山

笼罩着美丽的朦胧

嗅雨中盛开的花香

总有丁香的芬芳

伞下的人儿

掩不住爱雨的笑声

粉红色的雨鞋

在雨中走得那么轻盈

啊雨停了天晴了

天边的彩虹照着雨后的泥泞

晚霞中的夕阳

画出了一幅更美的风景

多彩的花伞

把面庞映得粉红

淌在地上的雨水

发出悦耳的叮咚

我漫步雨后的小城

身边是清爽的微风

眼前是似隐似现的彩虹

身后的晚霞

早把高楼和群山映红

写于：2016 年 05 月 25 日

塞北的雨

塞北的雨啊

是金色的雨

从天而降千丝万缕

那是金丝银弦

弹着欢乐之曲

塞北的雨啊

是多情的雨

与你缠绵与你嬉戏

总是柔情万种不忍离去

塞北的雨啊

是绿色的雨

清清爽爽滋润大地

群山披上绿衣

清泉泛起涟漪

塞北的雨啊

是甜蜜的雨

飘飘洒洒淅淅沥沥

伞下人儿成对

雨声伴着蜜语

塞北的雨啊

是美丽的雨

轻云薄雾青山绿水

更有雨后彩虹

把山河照得锦绣壮丽

写于：2018 年 04 月 26 日

草原之雨

草原的雨

来也匆匆去也匆匆

来时乌云翻滚电闪雷鸣

去时留下清风留下彩虹

草尖上滚着露珠

水面上飞着百灵

羊儿悠闲吃草

牛儿雷电不惊

只有那牧羊人的骏马呀

在羊群中穿梭奔腾

当晚霞把西天映红

当奶香飘满空中

那熊熊的篝火

就会映红安代舞的场景

153

那悠扬的马头琴啊
就会伴起姑娘甜美的歌声

啊！草原的雨啊
来也匆匆去也匆匆
道似无情却有情
草原因你而碧绿
空气因你而清新
那欢乐的游人啊
谁不因你而欣喜而欢腾

写于：2019 年 07 月 29 日

小城春雨

小雨淅淅沥沥
为小城保洁为小城增绿
满街的花伞
像少女的花季
给小城添了一道亮丽

小雨淅淅沥沥
浸湿了油路
浸湿了绿地
水珠儿在花叶上滚落

蜜蜂儿在花蕊中躲避

小雨淅淅沥沥
玫瑰花浪漫
丁香花妩媚
花伞下面还有多情的人啊
柔声细语诉说着情意

小雨淅淅沥沥
树上鸟儿呢喃
树下雨点落地
薄雾轻轻飘来
带来了泥土芬芳的气息

小雨淅淅沥沥
洒在乍暖还寒的天气
请把脚步放慢
静观雨中的诗情画意
让心如止水
尽享人生的真谛

写于：2018 年 06 月 12 日

第十二辑

咏心中温婉女神

三八节送给妻子一片情

朝霞染红万里碧空

杨柳吐翠摇曳春风

在这生机盎然春光明媚的季节

三八妇女节即将到来

此时此刻我拿什么献给我的妻子？

只有一颗真心一片真情

让我为你唱首歌

唱出我的感激

唱出我的深情

让我沙哑的声音裹着真诚

在你的血液里流淌

在你的心灵中搏动

让我为你画幅画

画出你的青春

画出你的倩影

还你一头乌发

还你一脸娇容

那是我们的难忘

那是我们的曾经

让我为你写首诗

写出你的辛劳

写出你的柔情

写出你的勤俭

写出你的包容

那是你给家庭带来了的温馨

那是你为家庭创造的繁荣

啊！三八节！

虽然是你的节日

其实也是我的节日

因为你的欢乐就是我的欢乐

你的幸福就是我的幸福

你有欢乐的心情

我就有幸福的激动

你沐浴节日的春风

我就在春风里与你一起航行

写于：2017 年 03 月 01 日

赞你柔情万千

——献给三八妇女节

赞你柔情万千

赞你话语甜甜

赞你芬芳家园

赞你情满人间

三月的天空为你而蔚蓝

三月的春风为你而温暖

三月的鲜花为你而娇艳

三月的小溪为你弹奏着琴弦

你是丈夫的港湾

你是儿女的家园

你是父母的温暖

你是人类的摇篮

我要为你高歌

我要为你赞叹

因为

母亲的温暖在我心间

妻子的爱恋在我身边

女儿的体贴在我眼前

你的奉献啊

是奔腾不息的甘泉

在欢庆三八节的日子里

让我衷心为你祝愿

祝你

像鲜花一样娇艳

像阳光一样灿烂

像幸福的海洋欢乐无边

写于：2018 年 03 月 05 日

妈妈

初夏时节

一天下午我来乡下小游

见一位老妈妈

正在田园劳作

她单薄的身材飘逸的银发

真像我逝去的妈妈

你是城里人吧

快进来呀

尝尝我刚摘的黄瓜

我应声入园

向老妈妈问好

并愉快地和她

一起劳作一起聊天

老妈妈慈祥的笑容和亲切的话语

更像我的妈妈

我们快快乐乐地拉家常说家事
不知不觉半天就过去了

当夕阳西下
天空升起了晚霞
老妈妈摘下
几条嫩绿的黄瓜说
不早了快回家吧
让你的妈妈
尝尝我种的黄瓜

回家路上我泪水涟涟
手握黄瓜感慨万千
我喃喃自语
我哪里还有妈妈呀……

我爱戴园中的老妈妈
更思念我逝去的妈妈
她们都是那样地勤劳
那样地善良
我含泪祈祷
愿天下的妈妈都健康长寿
愿天下的儿女都孝敬热爱
亲爱的妈妈……

写于：2021 年 04 月 15 日

美丽的补丁

提起补丁
不知多少人不知
或者早已忘记
而我小时候却常常穿着打补丁的衣裳
母亲说:在乡下人们笑破不笑补

母亲的针线活很精细
补丁也打的很讲究
村里的人都夸赞我的母亲手巧

记得
我的一条蓝裤子
左膝处磨破了
母亲为我补了一块小白兔样的补丁
然后又给没破的右膝处
也补上相同的小白兔补丁
瞬间一条漂亮的裤子出现眼前

我穿在身上
小伙伴们都很羡慕
母亲说: 小白兔补丁好看
因为它有我们乡村的味道

如今

159

母亲已经不在了

可母亲的补丁

却永远打在我的心上

那一块块补丁上

都好像郑重地写着

艰苦朴素勤俭持家！

写于：2019 年 05 月 19 日

我是在树下捡落叶的孩子
——献给母亲节的诗

我是在树下捡落叶的孩子

每捡一片就叫一声娘

树是娘种的

落叶一定是娘眼中的泪

我要一片一片地把它们捡起

用我感恩的心把它们染红

染成十月里鲜红的枫叶

每捡起一片叶子

我就捡起了娘的一片叮咛

那么亲切那么深情

我要让叶子紧贴我的胸口

让我的心跳注入叶子的脉络

叶子有了灵性

就会落地生根

在老家的田边

在故乡的村口

我要让它们长成

一棵棵一片片

红彤彤的枫林

写于：2019 年 05 月 06

母亲的月亮

夜深人静

我从梦中醒来

我仿佛听见母亲在把我呼唤

唤我去看窗前的月亮

我摸黑起来

向窗前走去

没有开灯

我怕灯光惊扰了月亮

拉开窗帘

果然一轮圆月高挂窗前

那么明亮那么宁静

我惊喜的呼唤

母亲母亲你看你看

这不正是您纺线时的月亮吗?

这不正是您缝补衣裳时的月亮吗?

良久

母亲没有回答没有回答……

而我望着窗前的月亮

望着母亲的月亮

却泪如雨下……

写于:2020 年 09 月 13 日

月光下的母亲

月光如丝月光绵长

是娘把月光纺得好长好长

月光如水月光清凉

是娘把月光纺成了衣裳

看见月光就想起了娘

月在天上娘在何方?

欲把月光揉碎

又怎能揉碎

思娘的泪淌

写于:2020 年 08 月 21 日

切切思母到天明

三更未眠夜蒙蒙

切切思母到天明

腮边泪水流不尽

老来更知恩与情

世上真情千万种

母爱应为第一情

天下儿女都孝敬

人间大爱得传承

写于:2017 年 05 月 13 日

四季都有母亲的爱

春天的雨滴

是母亲的泪滴

轻轻洒落
大地便充满生机

夏天的风儿
是母亲的双手
轻轻抚摸
大地便花红柳绿

秋天的云朵儿
是母亲的彩衣
走到哪里
哪里就斑斓绚丽

冬天的雪花儿
是母亲的白发
白发飘逸
大地就像童话般美丽

写于：2018 年 09 月 17 日

为母亲留影

让母亲站在
格桑花中间
让鲜艳的花朵

簇拥着母亲的脸

让母亲戴上崭新的草帽
让母亲穿上艳丽的服装
让母亲骑上温顺的牦牛
啊母亲的神采好风光

蓝天为母亲飘起白云
白云为母亲遮起凉阴
雪山为母亲开出雪莲
啊母亲的笑脸
比格桑花还灿烂

写于：2019 年 10 月 05 日

母亲的爱

母亲的爱是摇篮里的歌声
每一个音符都暖在心中
睁开眼是母亲慈祥的面容
闭上眼是歌声里甜蜜的梦

母亲的爱是街心上的草坪
每一片绿叶
都闪烁着母爱的晶莹

每一次跌倒

都会倒在母亲的怀中

母亲的爱是春天的柔风

每个角落都吹得暖意融融

无论身处何方

都有母亲的身影在心中

母亲的爱是征程上的明灯

不管走到哪里

一想起母亲的叮咛

都会踏出一片光明

母亲的爱是夜空里的繁星

万般柔情都伴着儿的前行

朝霞升晚霞红

那漫山的枫叶啊

就是儿报答母亲

永远燃烧不尽的深情

写于：2018 年 10 月 05 日

每当想起母亲

每当想起母亲

我就会想起小时候

母亲站在门前的呼唤

唤我回家唤我吃饭

热了又热的饭菜

摆在我的面前

每当想起母亲

我就会想起母亲

第一次送我去远行

千嘱咐万叮咛

泪珠儿闪烁的晶莹

每当想起母亲

我就会想起母亲

为我们照看儿女

操劳家务的艰辛

母亲的付出

才使我们的工作得以安心

才让我们的事业不畏艰辛

每当想起母亲

我就会想起夕阳下

母亲的一头银发

灯光下母亲的一脸霜花

而此时母亲念念不忘的

依然是对儿女的牵挂

母亲敬爱的母亲

当我们的头上也生出了白发

当我们的脸上也爬出了霜花

才真正读懂了母亲

读懂了母亲的胸怀

母亲的慈爱母亲的伟大

写于：2018 年 05 月 10 日

想念母亲

母亲我对着晚霞喊妈妈

请您不要诧异

因为在那绚丽的晚霞里

我似乎看到了你的身影

母亲我对着春风喊妈妈

请您不要诧异

因为在那柔柔的春风里

我感受到了您的温暖

母亲我对着草原喊妈妈

请您不要诧异

因为在那广袤的草原上

我仿佛听到了您的歌声

母亲我对着月亮喊妈妈

请您不要诧异

因为那圆圆的月亮

就像你慈祥的面庞

母亲我对着山花喊妈妈

请您不要诧异

因为您在儿子（女儿）的眼里

永远都像山花一样美丽

写于：2019 年 03 月 21 日

外婆与菊花

花池里摇曳着盛开的菊花

花池外晃动着外婆的银发

她左手提桶右手浇花

虽已耄耋之年依旧容光焕发

清风吹拂过她洁净的衣衫

细雨打湿过她慈祥的容颜

秋霜滋润过她飘逸的白发

冬雪印下过她步履的蹒跚

一年四季忙碌不断

只为菊花盛开娇容万千

每当花香悠悠弥散

那是菊花对外婆的礼赞

每当花朵芬芳吐艳

那是菊花对外婆的奉献

每当晚霞染红了外婆的笑脸

那时的外婆呵

就像是菊花丛中最美的花仙

写于：2024 年 12 月 16 日

第十三辑

军徽熠熠守国情

我多想

我多想带你去看草原

看科尔沁看呼伦贝尔

在那一望无际的草原上

有我青春的身影

我多想带你去看林海

看亭亭白桦看杜鹃花开

在那苍茫浩瀚的林海里

有我青春的面庞

我多想带你去看草原上的河流

看莫尔格勒看额尔古纳

在那美丽蜿蜒的河水边

有我喂饮战马的沙滩

我多想带你去看祖国的边关

看神圣的界碑看神秘的哨所

在伟大祖国的边防线上

有我紧握的钢枪有我升起的军旗飘

扬

啊我多想…多想……

写于：2021 年 07 月 28 日

又见嘉陵在眼前

阔别山城五十载

又见嘉陵在眼前

江水滔滔流不尽

似见足印在江边

曾穿戎装建三线

一颗红心保国安

今见山城楼林立

爱我中华情又燃

写于：2019 年 07 月 10 日

"八一"情怀

怎能忘记

欢送的锣鼓把心儿激荡

妈妈的泪水在笑脸上流淌

初升的太阳

映着绿色的军装

奔驰的军车驶向前方

美丽的山河映入心房

祖国的边疆是我们的战场

流金岁月从这里启航

整齐的帐篷是我们的营房

苦练军技是军人的风尚

严寒酷暑是我们的陪练

流血流汗又有何妨

骏马的嘶鸣还在耳边回荡

边疆的明月还挂在心上

为国戍边是我一生的荣光

当军号响起

我要高挺胸膛

当军旗飘扬

我要把军歌高唱!

写于:2021 年 07 月 14 日

"八一"我把军旗仰望

每逢八一

我看到军旗飘扬

听到军号嘹亮

我就热血沸腾

心潮激荡

我也是热血儿郎

十八岁就穿上了军装

告别了父母离开了家乡

到了祖国最需要的地方

茫茫草原我曾骑马持枪

在星光下守卫祖国的边疆

大兴安岭我曾爬冰卧雪

汗水伴着雪花流淌

山洪爆发洪水涛涛

我冲到了抢险救灾的现场

江南水乡军民共建

有我用青春铸就的辉煌

人民军队把我培养

革命的熔炉炼我成钢

我永远忘不了军人的本色

无论走到哪里都把正义弘扬

在欢庆建军节的日子里

我依然昂首挺胸

把军旗仰望

在军号吹响的时候

我毅然用我沧桑的喉咙

把军歌唱响

军魂是国魂男儿当自强

那年十八岁
我穿上绿军装
骑战马守边疆
军刀闪闪亮

那年十八岁
我穿上绿军装
红帽徽红领章
青春现荣光

那年十八岁
我穿上绿军装
汗洒大草原
转战嘉陵江

那年十八岁
我穿上绿军装
爱祖国爱人民
誓做好儿郎

退伍回故乡

挥泪老营房
带上好传统
奋斗在地方

每逢八一节
仰望军旗扬
耳闻军号响
热血满胸膛

军魂是国魂
男儿当自强
初心永不忘
江山万年长

写于：2018 年 07 月 24 日

军人的青春

谁不期待青春的闪光
谁不羡慕英雄的模样
谁不渴望至高的奖赏
我的青春选择了军装

飞驰的骏马辽阔的边疆
草绿的军装红红的面庞

闪亮的军刀映着太阳
我把青春压上了枪膛

身上伤疤是青春的印章
哭过笑过是青春的张扬
摸爬滚打遍体鳞伤
我把青春献给了边疆

把战马喂得膘肥体壮
把钢枪擦得闪闪发光
让祖国的每一寸土地
都有军号嘹亮军旗飘扬

写于：2021 年 07 月 21 日

老兵

一头白发熠熠生辉
发丝柔软却藏着刚强
一张沧桑的脸洒满霞光
坚毅中饱含着慈祥

昔日
战斗的青春在马背上闪光
辛勤的汗水在边关上流淌

巡逻的足迹伴着野草花香
豪放的歌声呀
在林海深处回荡

今日
老兵的步伐依然铿锵
踏上边关的风雪
迎着林海的风光
那炯炯有神的眼睛
依然遥望着远方

那里有老兵
魂牵梦绕的营房
那里有老兵的豪情激荡
那里曾让老兵荡气回肠
那里的一切，装满了老兵的心房

一个老兵的心啊
永远不忘
神圣的边疆梦中的战场
永远牵挂
祖国的安危人民的安康

写于：2019 年 07 月 21 日

赴兴安

青春豪迈赴兴安，
顶风雪，斗严寒，
千里边关，战马一溜烟。
戎装在身军号急，
娃娃脸，志已坚。

拨开彩云立山巅，
观林海，忆前贤，
爬冰卧雪，
何惧刺骨寒！
高歌一曲抒壮志，
留黑发，染青山。

写于：2020 年 11 月 10 日

举杯挥泪笑声甜

老兵重返大草原
军旗漫卷哨所前
昔日战马今何在
铁骑钢枪刀光寒
一头白发迎风起
一颗红心逐浪翻

边关自有后人守
举杯挥泪笑声甜

写于：2020 年 07 月 27 日

老兵的心愿

题记：

（西江月·忆）战马奔驰嘶叫，
雄鹰展翅飞天。胡杨挺立在边关，
戈壁滩出好汉。林海雪原深处，桦
林笑傲霜寒。杜鹃灼艳映山峦，雪
域高峰莲绽。

每当八一建军节来临，我就会想
起，我的军旅生涯中难忘的地方。

如果我老了
走不动了
请搀扶我去看看
我曾驻守过的边关
那里有鲜花盛开的草原
那里有雄鹰展翅的蓝天
那里有我战马的嘶叫
那里有我青春的容颜

如果我老了

173

走不动了

请搀扶我去看看

我熟悉的戈壁沙滩

那里有长河落日大漠孤烟

那里有金戈铁马英雄好汉

那里有我种下的胡杨

那里有我喜爱的雪莲

如果我老了

走不动了

请搀扶我去看看

我战斗过的林海雪原

那里有亭亭玉立的白桦林

那里有满山遍野的红杜鹃

那里的雪花铺满地

那里的山泉比蜜甜

如果我老了

夙愿已无法实现

请不要为我伤心

为我遗憾

我的青春如火

我的奋斗不断

即使化作一棵边塞小草

我也无悔无怨！

写于：2022 年 07 月 22 日

老兵的草原情怀

题记：

　　离别草原50年的老兵，依然怀念着草原，热爱着草原。那里是青春闪光的地方，那里是守卫边疆的战场！那里的兄弟情深，那里的民族情长！军旗在山花中飘扬，军号在长河中嘹亮……

阔别50年

我又站在了科尔沁草原上

这里是我穿上绿军装

第一次到达的地方

这里是我摸爬滚打

苦练杀敌本领的疆场

骑战马舞军刀我的军歌嘹亮

战严寒斗冰雪我的意志坚强

枪在手弹入膛我的眼睛雪亮

民族情记心上我的蒙汉情长

那一望无际的大草原

让我的心胸宽广

那蜿蜒曲折的小河

让我的情意绵长

那醇香甘冽的马奶酒

让我的激情澎湃

那浑厚悠扬的马头琴声

永远荡漾在我的心上

草原上的山丹花是我鲜红的领章

草原上的黑麦草是我碧绿的军装

草原上展翅的雄鹰伴我巡逻边防

草原上的篝火燃烧着我炽热的胸膛

八一军旗飘扬

八一军号嘹亮

站在草原上的老兵

依然热血沸腾激情浩荡!

写于：2024 年 07 月 20 日

一个老兵的夙愿

轻轻地问一声

亲爱的朋友

你可愿意

陪我去看一个遥远而美丽的地方

那里有高高的白桦林

犹如亭亭玉立的姑娘

那里有红红的达子香

开满碧绿的山冈

那里有五颜六色的芍药花

散发着诱人的芳香

那里有欢快的小鸟

在花海里鸣唱

还有一条清澈蜿蜒的小河

在草地上静静流淌

那里的一棵白桦树上

有我生平第一次写下的诗行

在那山花簇拥的山坳里

有我第一次放声的军歌嘹亮

在那郁郁葱葱的青松树下

一群梅花鹿常常把我偷偷观望

在那河边草地上

晾晒着我用河水洗过的军装

那个美丽而遥远的地方

一直萦绕在我的梦乡

感谢亲爱的朋友

能在八一前夕

陪我一起
去寻觅我青春的足迹
去重游我住过的营房
去欣赏战士们用汗水浇灌的花香
去寻找那段刻骨铭心的难忘时光！

写于：2023 年 07 月 21 日

第十四辑

桑梓旧忆晕染缱绻诗章

我的乡愁

我的乡愁
是故乡的那条大河
岸边垂柳在风中摇曳
河水潺潺泛着清波
捕鱼的船儿把鱼鹰放飞
戏水的孩童比浪花欢乐

我的乡愁
是故乡的那片桃林
地上的小花艳丽婀娜
树上的小鸟在林中穿梭
春风桃林一片香甜
秋风枝桠挂满了硕果

我的乡愁
是爷爷的瓜棚
爷爷在风雨中劳作
我在瓜棚里唱歌
青纱帐里有瓜香飘过
爷爷的瓜果甜我心窝

我的乡愁
是故乡的弯月
她在树冠里藏躲

她在窗前滑过
满天的星斗啊
在弯月的后面闪烁

我的乡愁在天边
我的乡愁在心窝
我的乡愁有泪水
我的乡愁有欢乐

写于：2019 年 05 月 06 日

离乡小舟

桨声已停
云帆已落
睡莲深处
繁星闪烁

群山峻岭
已将晚霞深锁
离乡泪水
犹如串珠滑落

邀一弯瘦月
把乡愁诉说

179

饮一壶老酒
把往事思索

吹一曲乡恋
任思绪漂泊
唱一首老歌
任潮起潮落

写于：2019 年 05 月 17 日

乡情乡恋

故乡的月亮那么明朗
故乡的夜晚那么安详
故乡的那条大河
弹着琴弦情深意长
故乡的那片枣林
摇着月光枣花飘香

我走在林边的河堤上
寻找童年戏水摸鱼的地方
耳边仿佛传来童年的笑声朗朗

我走在林间的小路上
寻觅着儿时爬树掏鸟的树行

那里有我和孩童们
天真浪漫的淘气和逞强

我多想再潜入水中
去感受儿时的欢畅
我多想再爬到树上
去放飞儿时的梦想

故乡的水是我的难忘
故乡的林是我的天堂
我爱你呀故乡！
你有月的明朗夜的安详
你有水的情长林的风光
是你陪我一起成长
是你教我勇闯四方

虽然他乡人也亲他乡情也长
可让人最恋的还是故乡

虽然他乡树也绿，他乡花也香
可最美的还是故乡

儿时的欢乐
永在心底珍藏
故乡的美丽
让我一生难忘

儿时的故居

儿时的故居
是我四季的牵挂
不管小雨淅沥，还是雪花飘洒
都阻挡不了我回家的步伐

春回故居
玉兰花开枣树发芽
春风吹拂清新淡雅
夏回故居
石榴花红菜蔬杨花
温馨小院跑着鸡鸭

秋回故居
墨菊花艳葫芦一架
金黄倭瓜挂上篱笆
冬回故居
窗明几净温馨如画
烹炒煎炸酒伴佳话

啊！故乡
你是我生命的泉水

你是我一生的牵挂
你在我的血液里生根
你在我的心灵上开花

我要把乡情带走
我要把乡恋留下
让养育我生命的故居
永远伴我走天下

写于：2019 年 12 月 30 日

故乡的池塘

故乡的池塘
池儿静静
碧水盈盈
周边野花盛开
水面燕飞鸟鸣
随风摇曳的金柳
抚摸着艳丽的花丛

池中水草郁郁葱葱
蝴蝶双飞白云倒映
起伏的蛙声伴着欢唱的蝉鸣
一条鲤鱼打挺

181

传来清脆的水声

孩子们投下一片片瓦砾
让水面泛起一圈圈涟漪
喊声笑声溢满了童年的心灵

如今池塘老了
但它依旧仰望着蓝天
倒映着白云
看日落日升观天阴天晴

写于：2019 年 01 月 10 日

故乡四月春意浓

杏花白桃花红
故乡四月春意浓
柳枝摆舞东风
玉兰花开向碧空

人儿笑忙春耕
千里田园麦青青
溪水流响叮咚
蜂飞蝶舞在花丛

雁北归队成形
青山绿水把雁迎
哼小曲韵味浓
乡音缭绕暖融融

故乡美在眼中
山山水水展新容
汗水淌润春风
赞歌高唱故乡情

写于：2017 年 04 月 19 日

深秋的故乡

秋风在篱笆上吹响
篱上老藤已经枯黄
院中柿树叶正飘落
金黄的柿子
像灯笼一样挂在树上

深秋的冷雨
打湿了树上的鹊巢
也淋湿了黄色的土壤
整个大地散发着清香

在通往田园的路上

成群的麻雀欢叫飞翔

路边小花散发着幽香

它是深秋最美的伴娘

父亲有坚实的臂膀

把金黄的粮食储满粮仓

母亲勤俭持家

将田里的秸秆运回储藏

秋播的小麦

已成垄成行

它的苗壮正是来年的希望

人们在秋风中把汗水挥洒

人们在田园里把小曲哼唱

啊！

那画一样的景象

那幸福地繁忙

正是我永远热爱的

深秋的故乡

写于：2019 年 11 月 23 日

乡恋

晚风绵绵

将一轮弯月吹到我的窗前

开窗迎月

发现那不是弯月

那是一只银色的小船

是来接我回久别的家园

我纵身跳入小船

双手摇桨奋力向前

直奔那魂牵梦萦的家园

银河的水呀泛着波澜

天上的星呀眨着笑眼

美丽的家园瞬间就在眼前

月光下的枣林

散发着枣花的香甜

儿时的大河

弹奏着思念的琴弦

整齐的街道

依然是青瓦蓝砖

村边上的那棵古槐呀

硕大的树冠还是那么威武壮观

我驾着月牙小船在空中盘旋

把故乡的美景尽收眼前

泪水打湿了我的双眼

乡恋充满了我的心间

啊！这就是生我养我的摇篮

这就是我日思夜想的家园

我不能急急靠岸

我怕打扰了亲人梦中的香甜

我不能匆忙落地

我怕这又是一场梦中的空欢

写于：2018 年 04 月 20 日

父亲的故乡

每当父亲说起故乡

他那沧桑的面庞

总会溢满幸福的容光

母亲最爱故乡的枣林

一提起故乡

就像闻到了甜甜的花香

如今我回到了父亲的故乡

站在这美丽的原野上

我的心情无比激荡

那一望无际的枣林

正飘着花香

那古老的河水

泛着欢快的波浪

好像在迎接漂泊的游子回到故乡

父亲的故乡

是我向往的地方

听着乡音闻着花香

我的心情无比舒畅

啊故乡

你美丽的模样令我陶醉

你甘甜的花香沁我心房

请收下父亲的乡愁

请留下母亲的衷肠

我也是您的孩子

回到了您的身旁

我要用我的诗篇为你歌唱

歌唱父亲热恋的故乡

歌唱母亲甜甜的花香

写于：2016 年 04 月 20 日

乡情

溪边小草青青
山下小林幽静
漫步林中作诗
坐在水边吟诵

水中鱼儿
是我童年的爱
林中鸟儿
是我少年的梦

花中的蝴蝶
诱动了我尘封的童心
惊飞的山雀
驮走了我的悠悠乡情

止步抬头夕阳正红
那如火的彩云
映入水中舞动
那多情的夕阳
已把层林染红

尽享美景如幻如梦
一只美丽的百灵
飞旋在我的头顶

秀着箭影啼着深情

啊！
百灵百灵
你是我的童年相识
还是和我一样情深意重

写于：2016 年 08 月 22 日

乡愁

正月里来春风扬
锣鼓喧天炮声响
欢歌笑语享盛世
我带乡愁回故乡

故乡的河呀起波浪
故乡的麦田绿汪汪
故乡的大年多喜庆
故乡的乡音暖心房

大红灯笼高高挂
鲜红的对联闪金光
新鞋新帽新衣裳
成队成行拜年忙

炊烟送来煮肉香
炮竹伴着歌声响
搭起高台唱大戏
男女老少喜洋洋

春风杨柳随风荡
勤劳人儿春耕忙
随手挖得野菜回
摆上餐桌更清香

一片乡情在心上
一片乡愁在梦乡
乡情种在心灵上
乡愁开花散幽香
游子身在千里外
乡情乡愁恋故乡

写于：2017 年 02 月 07 日

游子

游子头上的月亮
是故乡的油灯
游子夜空上的星星
是亲人的眼睛

简陋的行囊
是母亲的语重心长
那陌生的道路啊
是背井离乡的迷茫

耳边的长风
是亲人的呼唤
迎面的细雨
是思乡的泪滴

雨后的彩虹
是家乡的美景
那云中的鸿雁啊
是游子的乡愁乡情

漂泊在外的游子
是勇敢的跋涉者
无论身在何方
都是龙的传人
炎黄的儿郎
祖国人民
永远是你们坚强的后盾
神州大地
永远是你们热恋的故乡

写于：2020 年 07 月 07 日

故居怀想曲

小山不高野花常开
小溪不宽四季常流
小院不大篱笆墙上开满了花
丝瓜花黄葫芦花白
豆角开花蜜蜂来

一棵海棠树
种在院中央
看它花开闻它花香
晶莹的果实任我品尝

风来树摇曳
雨来叶婆娑
蝴蝶花间舞
鸟雀啼如歌

树下茶一杯
月下笛一曲
晚风轻轻过
溪中看银河

一片自然景
伴我心欢乐
心景融一体

最是好岁月

写于：2024 年 07 月 20 日

美丽的小山村

一个美丽的小山村
是我生活过的地方
满山的花香
是我童年尽享的芬芳

那时候
月亮总是挂在山上
溪水在脚下流淌
我孤独的歌声
总有叮咚的泉水
为我伴唱

那时候
大山是我的景仰
它的伟岸挺拔
它的巍峨叠嶂
给了我性格的坚强

那时候

我总爱

对着大山放声歌唱

不为练歌

只想听到我的心声

在大山里回荡

那时候

我常常

爬上最高的山冈

看红日东升

看夕阳西下

在朝霞中喊出我的渴望

在余晖里放飞我的梦想

写于：2019 年 09 月 19 日

故乡的老井

题记：

　　一口老井，一段记忆，在岁月之中，如同一幅永不褪色的画卷，深深印在心底，勾起无尽的思念与眷恋。

想起故乡的老井

就想起了我的童年

想起井台上的辘轳

就想起了井水的甘甜

远走他乡几十年

从未忘记故乡的老井

那井水幽幽映着蓝天

那井水清清映着我的笑脸

摇出井水喂养牛羊

摇出井水浇灌田园

爷爷摇过它

父亲摇过它

我多想摇啊

可我求学离开了家园

如今我又回到了家园

老井不在啦

辘轳不在啦

可老井的模样

依然留在我的心间

站着老井的旧址上

我仿佛看见了当年亲人的容颜

我仿佛看见了那时的白云蓝天

写于：2023 年 10 月 03 日

童年

童年
是妈妈站在门前的呼唤
是贪玩回来晚了
妈妈端上的热菜热饭

童年
是爸爸买的新书包
轻轻挎在我的肩
是妈妈拉着我的手
把我送到向往的校园

童年
是教室里老师身后的黑板
一笔一画一字一句
都印在我的心间

童年
是放学路上
一同回家的伙伴
有说有笑又追又赶
却迟迟没把家还

童年
是雨天打着油纸伞

最喜欢那伞上沙沙作响的雨点
挽起裤腿提着鞋子
赤着小脚故意把水踏溅

童年
是父母给的零用钱
省下来买了小人书
小伙伴们围成一圈
争着抢着你翻我看

童年
是人生的春天
是一生最甜蜜的思念
是一幅画一曲歌
一首写不完的诗篇

写于：2016 年 6 月 18 日

晨童

日出一抹红
染我窗上棂
急急唤孙童
到校该起程

三遍呼不醒
怎吃路边羹
强拉被窝起
疼从心底生

写于：2016 年 09 月 01 日

六一献词

六月的阳光多明亮
六月的鲜花好芬芳
六月的儿童多欢畅
六月的歌声响四方

红领巾呀胸前戴
少先队旗风中扬
红红的面庞多美丽
少先队员似朝阳

六一节呀喜洋洋
少先队员体健康
六一节呀百花香
少年儿童快成长

少年智则国智

少年强则国强
少年智慧我快乐
少年强大我荣光

好时光莫虚度
好年华要图强
好儿郎有理想
大中国万年长

写于：2018 年 06 月 01 日

外婆家之恋

儿时爱去外婆家
十里长堤一路花
树上小鸟喳喳叫
河中小船捕鱼虾
路边小花随意摘
花中蝴蝶任你抓
几次贪玩迟到家
外婆屋前映晚霞

儿时最爱外婆家
房后果树房前花
一群小鸡满地跑

一群鸭子叫呱呱

最盼饭后星光下

催着外婆讲神话

讲了牛郎与织女

讲了嫦娥讲夏娃

写于：2020 年 09 月 15 日

我喜欢

我在城市里长大

可我却喜欢外婆的农村家

喜欢那宽敞的大院子

喜欢那围着院子的竹篱笆

喜欢篱笆墙上的牵牛花

喜欢藏在花里的大南瓜

我喜欢外婆院里的小菜地

一畦萝卜一畦菜

一畦番茄一畦瓜

一口压水井浇地哗啦啦

我喜欢院里的蝴蝶飞

我喜欢菜地里的各色花

我喜欢花上的蜜蜂采蜜忙

我喜欢树上的小鸟叫喳喳

我喜欢池中的青蛙呱呱叫

我喜欢墙角的蛐蛐儿叫声雅

我喜欢蜻蜓飞来又飞去

我喜欢水中小鸭捉鱼虾

我喜欢农村的阳光多鲜亮

我喜欢农村的月亮圆又大

我喜欢农村的夜晚多幽静

我喜欢一觉醒来见早霞

外婆家农村家

多少美好怎忘它

我愿红日照天下

我愿城乡同开幸福花

写于：2024 年 06 月 20 日

幸福的童年

童年总爱想起

雨后天空升起的彩虹

它一头连着母亲的炊烟

一头连着父亲的田园

191

我在彩虹下面
采着鲜红的山丹丹

母亲围着花裙
忙得团团转
热气腾腾的蒸笼
散发着诱人的香甜
我知道那是甜甜的丝糕
要送到父亲劳作的田园

一到田园
父亲就会把我高高举起
转了一圈又一圈
才在田边地角用餐

父亲用柳条
为我做了一张弓
教我拉弓射箭
我就像小英雄一样
对着大树射了一箭又一箭

晚霞升起夕阳落山
我们离开了田园
一路上母亲唱的小曲
父亲讲述的故事
至今都深深地印在我的心间

写于：2022 年 05 月 28 日

童心

太阳升起了
花瓣上的露珠闪闪发光
真好看
我细心地用针线把露珠穿成一串
戴在妈妈脖子上
我问妈妈项链好看吗？
妈妈笑了
笑出的泪珠和露珠一起滑落

太阳落山了
天空中的晚霞红彤彤的
真好看
我拉着妈妈手
一起飞到了晚霞上
我们在晚霞里又唱歌又跳舞
我问妈妈高兴吗？
妈妈说高兴高兴
和小宝贝在一起妈妈永远都高兴

天亮了梦醒了
爱的童心开花了

爸爸妈妈和我

爸爸是一片云
妈妈也是一片云
我是云中落下的小雨滴

爸爸是一条河
妈妈也是一条河
我是游在河里的小金鱼

爸爸是一棵树
妈妈也是一棵树
我是树上唱歌的小黄鹂

爸爸是一座山
妈妈也是一座山
我是山里潺潺的小水溪

爸爸叫我小淘气
妈妈叫我小美丽
爸爸妈妈在心里
我一天到晚好欢喜

小时候

题记：

　　人一经呱呱坠地，就踏上人生旅程。走着，走着，走过了春夏秋冬的四季轮回，走过了童年、青年、中年……但是，不管走到什么年龄段，小时候的美好记忆，都会永远留在心底

小时候
我喜欢故乡的枣花香
它的花朵虽不艳丽
可它甜甜的香味儿却诱人心房
站在枣林中
我觉得这是世界上最美的地方

小时候
我喜欢故乡的月亮
它圆圆的挂在天上
虽然一声不响
但它洒下的银线
恰似母亲慈祥的目光

193

小时候

我喜欢雨后的夕阳红

广袤的霞海彩云飞渡

有时像仙女翩舞

有时像骏马奔腾

多想变成一只神船

驶入晚霞之中

和它们一起去漂泊去远行

小时候

我喜欢雪花飞舞的严冬

大地一片洁白宁静

站在茫茫苍穹之下

我总要仰起头张开嘴

任凭清凉的雪絮飘入口中

任凭飞舞的玉蛾飞落身上

洁净我的肌肤滋润我的心灵

如今小时候已经离我远去

可小时候的美好记忆

却深深地印在了我的心中

写于：2024 年 10 月 12 日

杨柳青年画

在天津西郊有一个美丽而富饶的千年古镇，叫杨柳青。它是我童年生活过的地方。每当想起它，就会想起那闻名遐迩的杨柳青年画。

记得，每逢快过年的时候，满大街便搭起帐篷，铺设摊点，高声吆喝着出售杨柳青年画。购买年画的人熙熙攘攘，川流不息，好不热闹！放了寒假的我总爱和小伙伴们一起，在年画市场里，挤来挤去的去观看和购买年画。

有一次一位小伙伴的爷爷对我们说：你们知道吗？咱们杨柳青的年画可神了，一年鼓一张，不知落在哪一方！鼓？什么是鼓呀？大家不约而同地问。爷爷神秘地说：鼓，就是画里的人活了，变成真人了！如果你善良，勤劳，就给你当媳妇。睁着大眼，听得出神的我和小伙伴们，无不沉浸在无限神秘而美好的憧憬里！

后来长大了，才知道这是一个

神奇的传说，美丽的谎言。可这个传说和谎言一点也没影响我和人们对杨柳青年画一年更比一年的喜爱。

写于：2016 年 12 月 30 日

第十五辑

节日诗笺岁月锦章

爱我祖国爱我中华

折一枝江南的梨花

送给巍巍的兴安

让它化作岭上飞雪迎风飘洒

摘一车新疆的哈密瓜

献给东海舰队

让英雄的战士品着甘甜出发

牵一片珠峰上飞舞的云彩

映红奔腾的台湾海峡

让两岸人民同爱一个家

采一片塞北的云霓

撒给碧浪滚滚的南沙

让塞北的云霓拥抱南沙的浪花

移一棵长白山上的白桦

种到岭南的山崖

让南北的风景交融穿插

剪一片西双版纳的草坪

铺到天山脚下

让冰山上的雪莲环绕版纳的红花

啊我的祖国山明水秀

每天都有春秋冬夏

啊我的中华绚丽多彩

到处都是风景如画

爱我祖国爱我中华

这是华夏儿女的本色

爱我祖国爱我中华

这是炎黄子孙的伟大

写于：2018 年 09 月 27 日

为祖国高歌

国庆来临金秋送爽

五星红旗迎风飘扬

神州大地山河锦绣

中华儿女豪情激荡

在庆祝伟大祖国

华诞的日子里

我们怎能不为您尽情欢呼

我们怎能不为您放声歌唱

您是东方苏醒的雄狮

您是亚洲腾飞的巨龙

您是东方璀璨的明珠
您是世界耀眼的巨星

是您孕育了中华文明
是您造就了中华民族
是您哺育了中华儿女
是您使56个民族一家亲

金色的太阳从东方升起
英雄的人民欢天喜地
让我们斟满美酒
为亲爱的母亲干杯
让我们满怀激情
为伟大的祖国歌唱

写于：2021 年 09 月 27 日

为祖国亲爱的母亲干杯

祖国呀亲爱的母亲
在举国上下热烈庆祝
您华诞的幸福时刻
让我高举金杯
为您祝福为您干杯！

您有着九百六十万平方公里的土地
有着五千年的灿烂文明
有着五十六个英雄的民族
有着十四亿勤劳而勇敢的中华儿女
试问天下有谁能与您相比？

如今这条东方巨龙
正叱咤风云活跃在世界的舞台
全中国人民正在以空前的精神面貌
为实现中国梦而奋发图强勇往直
前！

作为一名中华儿女
我怎能不为您而骄傲
怎能不为您而自豪
在这欢乐的时刻
喜悦已盛满我高傲的酒杯
泪水和酒水已融为一体

就让我高举金杯
在这无比幸福的时刻
祝福伟大的祖国蒸蒸日上！
祝福伟大的党更加坚强！
祝福伟大的人民幸福安康！

为祖国亲爱的母亲

200

干杯！干杯！

写于：2019 年 09 月 27 日

祖国在我心上

我是一朵五彩的云
飘荡在蔚蓝的天空
我要到长城内外大江南北
去观赏神州的美景和华夏的繁荣

在冰雪晶莹的天山
我看到了西域边疆的彩虹
在烟波森森的东海
我看到了一轮红日东升

在广袤无垠的草原上
我听到了悠扬的马头琴声
在秀美多姿的江南啊
千里稻浪滚滚万里桂花怡人

在平川在高原
公路成网铁路纵横
在城市在乡村
高楼林立欣欣向荣

啊！我的祖国呀
你像一头雄狮在东方苏醒
你像一条巨龙腾飞在宇宙苍穹
你像一艘巨轮
在中国梦的征程上破浪航行
啊！伟大的祖国亲爱的母亲
我在你的怀里你在我的心上
因为有你我感到无比温暖
因为有你我感到无比自豪
因为有你我感到
作为一个中国人的无限荣光

写于：2017 年 09 月 23 日

国旗赞

都赞你是旭日上采下的虹
我赞你是伟大祖国母亲的象征
看到你飘扬在天空
就感到了祖国的温暖
就看到了母亲的慈容

都赞你是旭日上采下的虹
我赞你是用烈士的鲜血染红
你指引中华民族前进的方向

你让全国人民看到了光明

都赞你是旭日上采下的虹
我赞你是一团火
燃烧着炎黄子孙的心胸
56个民族空前团结
14亿人民众志成城

都赞你是旭日上采下的虹
我赞你的色彩最鲜红
你染红了祖国的大地
也染红了世界华人的上空

都赞你是旭日上采下的虹
我赞你是民族的魂在跳动
你给了中华儿女坚强的力量
你给了中国人无比的豪情

都赞你是旭日上采下的虹
我赞你是光辉的旗帜
把人民引领
伟大的祖国已跨入新的征程
伟大的人民正高举红旗破浪乘风

写于：2016 年 09 月 23 日

党啊亲爱的党

党啊亲爱的党
今年七月即将迎来
您的百年华诞
在举国上下欢欣鼓舞的日子里
我们怎能忘记
您的百年历尽了沧桑
您的百年铸就了辉煌

1921年革命的摇篮之船
从嘉兴南湖开始启航
1927年党领导的第一次武装起义
在南昌打响
土地革命战争时期党在血雨腥风中成
长
十四年抗战
让嚣张的日本侵略者缴械投降
四年的解放战争把蒋家王朝埋葬
让鲜艳的五星红旗
插遍祖国的四面八方

今天在您的领导下
伟大的中华民族正昂首阔步
屹立于世界的东方
伟大的祖国已繁荣昌盛

在世界舞台上话语铿锵

十四亿中华儿女正意气风发

谱写着中国梦的华美乐章

让我们高举金杯

祝福您的百年华诞

让我们载歌载舞尽情地歌唱

我们伟大的中国共产党!

写于:2021 年 06 月 27 日

七月的情怀

七月的天空流光溢彩

七月的大地百花盛开

七月的神州红旗招展

七月的华夏激情豪迈

不忘初心牢记使命

是共产党人的百年情怀

不忘先烈不忘感恩

是人民大众的衷心赤胆

没有党旗的指引

怎能走出千年的苦难

没有前辈的浴血奋斗

怎能砸碎旧世界的铁链

没有共产党的领导

哪有今日的幸福甘甜

没有革命者的舍生忘死

哪有今天的和平安然

如今中华民族

已经走在世界的前沿

鲜艳的五星红旗

已经飘扬在五湖四海

让我们不负重托不负时代

跟着党奋发图强

再创未来!

让神州大地祥和安定百花盛开

让炎黄子孙自强不息豪情满怀

让伟大祖国红旗招展领航未来!

写于:2021 年 07 月 01 日

心中的一首歌

在我心中有一首歌
叫做没有共产党就没有新中国
这首歌唱在我心窝
却响彻在祖国的山河

这首歌是真理的化身
感恩的情波
是亿万人民的心声
是先辈们留下的烈火

这首歌经历了战争的洗礼
岁月的蹉跎
她是中国人民的热血
中华民族跳动的脉搏

唱着这首歌
我们懂得了
中国共产党是一团燃烧的火
她的宗旨是
一切为人民一切为祖国

唱起这首歌祖国在心窝
唱起这首歌党旗在闪烁
唱起这首歌先辈激励我

唱起这首歌让我永远爱祖国
唱起这首歌心中的太阳永不落！

写于：2017 年 06 月 27 日

亲爱的党啊您听我说

亲爱的党啊您听我说
在庆祝您98华诞的时刻
我心潮激荡
不知有多少话想对您说

您走过的98个春秋
是一部光辉的史诗
这部史诗
在华夏大地上书写
在炎黄子孙中吟诵

在长夜难明时
您是熊熊火炬
在风雨如磐时
您是晴天霹雳

您振臂疾呼
唤醒了东方雄狮

您开天辟地
托起了一轮金日

在您的领导下
祖国山河一片锦绣
中华民族腾飞崛起
在世界民族之林
中国人扬眉吐气

此时此刻
就是让天山开满雪莲
也难表达对您的敬意
就是把长江酿成美酒
也难抒尽对您的情意

就让我化作一滴水
融入您的大海
在惊涛骇浪中
紧紧相随不离不弃

党啊亲爱的党
这就是中华儿女
对您的情意
这就是华夏子孙
对您生日的献礼

写于：2019 年 06 月 27 日

亲爱的老师

教师节在即
我又想起了您我童年的老师
您青春文雅美丽端庄
一丝不苟教学的模样
至今还深深地印在我的心上

您用知识浇灌我们心灵
您用言行培养我们成长
在我人生跋涉的道路上
您的身影仿佛总在身边
您的话语似乎总在耳旁
给我智慧给我力量

亲爱的老师您就像蜡烛
燃烧自己照亮别人
您就像园丁用心血浇灌花朵
让心灵之花竞相绽放

转眼之间几十年过去了
亲爱的老师您还好吗
在教师节来临之际

让我怀着无限感恩之心

亲切地祝福您

节日快乐幸福安康

写于：2021 年 09 月 10 日

敬爱的老师我爱你

在我心灵的深处

珍藏着一份美丽

几度春秋几度风雨

我都没有忘记

那就是三尺讲台上

站立的你

那么端庄那么俊美

每当想起你

就会想起在教室里

您亲切的笑容

和您温柔的话语

还有那黑板上

您清秀的字句里

包含着的深刻道理

敬爱的老师

转眼间

我们分别已将近半个世纪

您的许多话语

早已变成我放飞的诗句

可我却从没有忘记

您紧握着我的手

用毛笔写下的第一个字迹

敬爱的老师

您还好吗？

不知您是否还能把我记起

因为我只是您

桃李满天下中的一粒

我要用

我感恩的心为您祈祷

祝您健康祝您长寿

祝您的学识和师表

永远闪烁着光辉

这是您的学生

从遥远的地方

献给您的真诚的爱意

写于：2017 年 09 月 07 日

粽叶飘香

常忆故乡苇荡，
儿时鸟语花香。
端午之时摘苇叶，
袅袅炊烟飘粽香。
童真心里藏。

未见苇塘久远，
情怀依旧飞翔。
遥望霜天千万里，
似见芦花如雪扬。
乡愁断我肠。

写于：2021 年 06 月 22 日

重阳夕景情思长

南岭枫林红遍，
东篱花艳飘香。
莲下蛙鸣声渐远，
风伴芦花送晚阳。
星飘一片塘。

寒水残荷苇荡，

云中南雁成行。
岁月如飞人亦老，
人老相思思更长，
离愁在远方？

写于：2016 年 10 月 01 日

重阳

天高云淡雁成行，
我插茱萸度重阳。
健步如飞登高处，
一片秋光胜春光。

遥望锦绣三千里，
似见挚友在山冈。
我将爱语寄鸿雁，
满目枫红入柔肠。

写于：2016 年 10 月 02 日

重九·忆青春

岸边柳丝垂地，

水中圆月妩媚，
慢踏绿地语声细，
至今未曾忘记。

倚杖又寻故地，
潺潺流水东去，
柳丝明月仍相依，
空留细语心碎。

写于：2016 年 08 月 26 日

红叶情深我情长

远眺青山苍叶黄，
悠悠白云雁成行。
塞外秋风今又起，
遍插茱萸度重阳。

攀登高峰望亲友，
尽在东西南北方。
我将热血化秋雨，
红叶情深我情长。

写于：2017 年 10 月 23 日

雁叫声声正重阳

秋花秋草秋叶黄，
秋风秋雨秋水长。
晚霞尽把层林染，
夕阳不忍下山冈。

伫立河畔送鸿雁，
雁叫声声正重阳。
遥想南雁北归时，
遍地桃花分外香！

写于：2016 年 10 月 23 日

赞歌献给劳动节

摘下一朵白云
看见一片蓝天
种下一棵树苗
遮起一片凉荫

插下一田秧苗
喜获一年安稳
洒下一身汗水
换来一片欢欣

播下美好希望

得来幸福温馨

啊！

是谁把神州大地打扮装点？

是谁将华夏变得一片崭新？

是千千万万劳动的双手

是伟大平凡的劳动人民

写于：2017 年 04 月 27 日

清明忆亲铸忠魂

触魂节日唯清明，

细雨绵绵洒坟茔。

杯中斟满感恩酒，

怎忘双亲养育情。

天亦有情风送暖，

泪水涟涟荡心灵。

先人教诲永不忘，

一身正义铸人生。

写于：2021 年 04 月 01 日

清明归乡寄情思

故乡清明花成海，

我带花香夜归来。

才把思念留故里，

又有热泪淌双腮。

音容笑貌犹可见，

天上人间两分开。

只盼天堂无限好，

尽洒泪水释心怀！

写于：2022 年 04 月 02 日

中秋

明月心中有，

勿用问青天。

即使浓云密布，

玉轮仍高悬。

我愿飞越千山，

不惧千难万险。

相聚明月前，

金樽斟满酒，

共把相思干!

心如潮,情似火,
爱无限。
漫漫人生,
应把痴心洒人间。

不管天南地北,
无论月缺月圆,
初心永不变。
留下真情在,
天涯共百年。

写于:2017 年 09 月 18 日

相约中秋

题记:

年轮飞逝,又迎中秋。和老友中
秋相聚,漫步夕阳,品酒赏月,共叙友
情,叮嘱健康,乃人生一大乐事。

临近中秋
你说你要来看我
我好惊喜

天天都在路口张望
一边听风一边等你

你若突访不遇
请不要着急
我房前的菊花正香
我院中的海棠正红
你可赏花观景静待重逢

千里之遥相聚不易
那一坛老酒未开
只等你来
两只金樽高举
一轮明月高照

老友相聚心花怒放
吃月饼赏月亮
抒情怀赞故乡
感慨人生叮嘱健康

天边的晚霞
为我们的重逢而绯红
天上的明月
为我们的相聚而明亮
家乡的酒啊在晚风中飘香
老友之谊似十五的月亮

丝丝缕缕情深意长！

写于：2019 年 09 月 13 日

月到中秋

当夕阳落山
晚霞渐退之时
一轮皎洁的明月
升起在中秋的夜空

翘首遥望
那圆圆的明月
那是一轮欢聚的美景
那是一轮团圆的象征

中秋的月啊
你是天上的爱神
你是人间的红娘
你用一条红绳把爱情牵引
你用一腔真情把思念包容

你那圣洁的光华
犹如芙蓉般娇柔
你那可掬的面容

好似玉盘暖心中

我把真情向你倾诉
你将思念向我传递
你是我心中的温暖
你是我感情的寄托

我愿用一世的孤独
共守你的悲欢离合
直到海枯石烂天长地久

写于：2018 年 09 月 24 日

从春到夏从秋到冬

从春到夏
从秋到冬
季节在客观规律中变换
心情在快乐和忧烦中轮转
轮转着二十四个节气
轮转着 365 天

从春到夏
从秋到冬
绽放的花朵收起了容颜

满山红叶变成了冰雪银川

不知不觉又经历了

十二轮月缺月圆

从春到夏

从秋到冬

时间并不遥远

遥远的是逝去的光阴

不再回还

新年的钟声

已敲在耳边

风雪过后就是春色满园

让我们扬起前进的风帆

风雨同舟携手并肩

在四季轮回中

向前向前!

写于:2019 年 01 月 01 日

感恩之心不可无

题记:

心存感恩,万物皆有情;心存感恩,人心皆善良;心存感恩,凡间皆温

暖;心存感恩,世界皆美好!

春节就要到了

我要在春节到来之前

向我花坛上枯黄的小草

逐一地慰问一遍

亲切道一声

你们辛苦了!

在过去的一年里

你们一直和我的花儿相伴

直到我的君子兰夜来香三角梅朱顶红

都一一的进了暖房

你们还在这风雪中坚守

一年来

无论是严寒酷暑凄风冷雨

甚至冰雹袭来

你们都不离不弃

这让我是多么地感动啊!

在这红红火火的春节即将到来之际

请让我向你们

行上一个虔诚的注目礼

再一次表达我衷心的感谢

谢谢啦可爱可敬的小草

写于：2021 年 02 月 10 日

远方

题记：

　　鸿雁南飞去，何时回故乡。思念变浪花，泪水化诗行。游子深情唱，海风传忧伤。梦里变海鸥，伴你去远航。深情变祥云，甘霖洒故乡。梅迎雪绽放，爆竹声声响。春节脚步近，游子快回乡。

你是我思念的远方
我是你心中的故乡
你是漂泊远方的游子
我是故乡留守的花香

我想起远方
就想起南飞的鸿雁
你想起故乡
就把泪水化作诗行

梦里我是一朵浪花
在大海里听你歌唱
梦里你是一首情歌

在海风中唱着忧伤

我是一只飞翔的海鸥
在浪花里伴着你远航
你是一朵七彩的祥云
把甘霖和雨露洒向故乡

你看腊梅已在雪中绽放
你听爆竹又在声声炸响
美酒已经备好
佳肴已经飘香

远方的游子啊
你是否已经起航
向着你心中的思念
向着你难忘的故乡

写于：2019 年 02 月 02 日

辞旧迎新谱新篇

光阴似箭日月如梭
时间老人的步子
总是来也匆匆去也匆匆

我挽留2016

因为这一年我在你的怀里

哭过笑过苦过乐过

我不想让寒风把你吹走

也不想让雪花把你淹没

我要把你永远地留在心里珍藏在记

忆里

我欢迎2017

因为我看到了它和2016一样的美丽

雪花在它身边起舞

东风送来了暖意

山川原野将脱去冬装

换上新衣

一切都是那么地富有生机和朝气

谢谢你难忘的2016

欢迎你崭新的2017

在新的一年里

我要和亲爱的伙伴和朋友

一起努力创造和谐宣传正义

播下真情和希望

收获喜悦和友谊

让绚丽的花朵迎风招展

让丰硕的果实布满大地

写于：2016 年 12 月 31 日

喜气洋洋迎春节

旭日冉冉升起

曙光映红了东方

那绚丽多姿的彩霞呀

已为城市和乡村披上了新装

你看那乡村

正张灯结彩

粉房刷墙

袅袅炊烟散发着诱人的清香

城市里更是红灯高挂

彩旗飘扬

民艺队伍把锣鼓敲响

红绸彩缎的服装

更是神采飞扬

孩子们三五成群

尽情地寻找节日的欢乐

说说笑笑的老人

光顾在市场

采购着节日的希望

214

青年人已把爱车擦亮

备好了行囊

只待长假一到

就会驶向向往的地方

地面上燃起了烟花

天空中传来了炮响

那浓浓的年味呀

飘满了大街小巷

四面八方

啊！春节就要到了

春天就要来了

就让我们把梦想

随着炮声放飞

就让我们把欢乐

伴着锣鼓飞扬

写于：2017 年 01 月 20 日

满怀豪情踏征程

光阴似箭时如风

辞旧迎新闻钟声

挥手告别峥嵘日

满腔豪情踏征程

不怕两鬓白发生

莫让柔情恋曾经

前方风光无限好

砥砺前行再攀登

写于：2016 年 12 月 29 日

新春寄语

新春来临之际

我要写下美丽的诗句

把祖国赞美

把人民赞美

我赞美白衣战士

勇斗病魔的感人事迹

我赞美人民子弟兵

哪里需要就冲向哪里

我赞美科学家

为祖国腾飞做出的创举

我赞美人民前进的步伐

坚定有力

我赞美寒梅傲雪的鲜红亮丽

我赞美春回大地的一片生机

我赞美东方巨龙

正腾空而起

我赞美中华民族

在世界舞台上的扬眉吐气

啊！我为我的祖国骄傲

我为我们的人民自豪！

写于：2019 年 12 月 28 日

第十六辑

心路浩歌

轻

题记:

　　学会把自己看轻,就会减少烦恼,宠辱不惊;学会砥砺前行,就会活得从容淡定,不负人生!

时光很轻
它从远古走来
又向未来走去
经过我们的身边
轻如一阵风

天空很轻
它一直飘在顶层
带着白云和红日
带着月亮和星星
急急又匆匆

大地很轻
它每日自转
由西向东
带着四季航行
一年一个行程

人生很轻

莫把自己看得很重
我们只是一羽鸿毛
百年光景
转眼即空

时光轻如浮云
岁月轻如逝水
让我们珍惜时光
珍惜生命
迎着朝阳,踏着春风
向着心中最美的憧憬
砥砺前行

写于:2024 年 02 月 02 日

行囊

奢望少了心就敞亮
量力而行路就宽广
无欲无求心就坦荡

我是一粒尘埃
随风飘荡
但我也有我的方向
向着东方向着太阳

在阳光的照射下
我也会闪烁出一丝光芒

不求谁的欣赏
也不求谁的赞扬
那一丝丝光芒
只为把前方的道路照得更亮

无忧无虑向着前方
无怨无悔向着太阳
这就是我认准的方向
这就是我富有的行囊

写于：2023 年 11 月 27 日

人生

人生漫漫
看似很长
其实很短
既要勇于拼搏
又要珍惜健康
不可匆匆忙忙

就像一首诗

写出希望点出哲理即可
留有回味才绵香
也像赶路
既要步伐稳健认准方向
又要享受过程
因为最美的风景
在途中在路旁

你看那幽静的荷花
喜迎朝霞笑送夕阳
不声不响更显无限风光
你看那山中的小溪
穿过峡谷绕过山冈
不张不扬却直奔海洋

让我们学做一池荷花
叶绿花香幽静安详
让我们学做山中小溪
缓缓流淌永向前方
珍惜人生
珍惜健康
这样的人生
才能绽放出生命的光芒

写于：2022 年 11 月 03 日

我愿

我不愿将自己束之高阁

因为那里很冷很寂寞

琼楼玉宇高处不胜寒

我愿做一棵小草

开着小花

布满小树林

因为那里有勃勃生机

有淡淡的清香和鸟雀的欢歌

春天来了去看杨柳发芽

夏天来了去观山花朵朵

秋天来了去赏红叶婆娑

冬天来了去寻梅花傲雪

我愿做一个祥和的人

唱欢乐的歌

讲人缘接地气

那才是惬意的生活

我愿用一片爱心待人

用一片真诚讲话

为善良点赞

为正义讴歌

那才是人生

那才是和谐

那才是我最大的欢乐!

写于:2022 年 10 月 09 日

曾经

曾经有过多少知心好友

都在岁月中走散

曾经有过多少美丽的梦

都在现实中破碎

曾经有过多少缠绵的情

都在泪水中淹没

曾经有过多少五彩的憧憬

都在尘埃中飘落

但我

仍是一匹骆驼

在茫茫的沙漠中跋涉

仍是一只小山雀

在广袤的原野上放歌

仍是一头拉车的牛

在夕阳的路上不停不歇

幸福是什么

幸福是什么

幸福在哪里

我思索

我追寻

幸福不是取悦他人

不是追求廉价的赞评

不是攀比

不是虚荣

不是仅仅满足心理的平衡

幸福是山坡上攀爬的你

站在顶峰看见了喷薄而出的朝阳

幸福是沙漠中跋涉的你

发现了前面郁郁葱葱的绿洲

幸福是历尽沧桑

载誉归来的游子

看见了久别的故乡

幸福是用你的汗水和心血

浇灌出的花朵在春风中的婀娜

幸福是什么

幸福在哪里

我依然在追寻

我依然在思索

勇敢者

当乌云遮住了太阳

相信太阳的光泽

依旧在照射

当乌云遮住了月亮

相信月亮的柔波

依旧在闪烁

当人生遭到折磨

相信勇敢者不会停止跋涉

当事业遭到挫折

相信勇敢者

定要继续拼搏

这就是人生

这就是生活

这就是勇敢者的本色

222

奋力爬坡涉水过河

不惧艰辛不怕挫折

坦荡如明月

豪情似清波

到岭顶观景

到山巅放歌

这就是勇敢者的洒脱

这就是勇敢者的风格

写于：2018 年 12 月 22 日

往事如烟

往事如烟，光阴似箭，人生飞渡。

多少情怀，多少思念，难忘蹉跎路。

花红叶艳，夕阳红遍，几多青春还驻？

夜静人安，星光如染，梦在心灵深处。

一生短暂，奋力向前，光阴不可虚度。

以勤为乐，与书相伴，用真情作赋。

明月照我，笔墨纸砚，愿把真情倾诉。

朝前看，风景无限，永不停步。

写于：2016 年 06 月 24 日

七十感怀

光阴似箭，

弹指间，霜把青丝染遍。

壮志未酬心不甘，

投笔再书新传。

歌颂祖国，赞美春天，

把正义呼唤。

暮年回首，只求今生无憾！

激情已经点燃，

破浪扬帆，让梦想实现。

一颗红心献人间，

昂首阔步向前。

年迈何惧，

高歌依然，志气仍不减。

炎黄子孙，誓为华夏奉献！

写于：2015 年 02 月 15 日

223

聚散悟

曾经无话不说
曾经激情似火
可是一个转身一个错过
便漠然离去不辞而别

想来不必为此伤心
也不必为此难过
因为一切都是缘的因果
有人寡言少语却相伴一生
有人热情似火却只是一个过客

为人处世只要尽心尽力
那就顺其自然各得其所
不必埋怨也不必指责
在人生的长河中
首先把好自己的舵
公平待人正义处世
向着前方跋涉再跋涉

写于：2018 年 07 月 03 日

我愿

我愿
把我的心献给云
如果云是洁白的

我愿
把我的心献给风
如果风是温柔的

我愿
把我的心献给星
如果星是有情的

我愿
把我的心献给雪
如果雪是晶莹的

我愿
把我的心献给水
如果水是洁净的

我愿
我愿把我的心
献给这个世界
因为这个世界是美丽的

我愿意

我愿做一个

两袖清风一尘不染的人

我愿做一个

忠诚厚道诚恳待人的人

我愿做一个

谦虚谨慎不卑不亢的人

我愿做一个

依靠双手勤劳致富的人

当我老了回首往事的时候

我为自己的一尘不染而自豪

我为自己的诚恳待人而欣慰

我为自己的不卑不亢而安然

我为自己的勤劳致富而骄傲

有一种魅力叫坚强

风雨中莫忘前行

泥泞中莫忘歌唱

起起落落又算什么

雨过天晴就见太阳

要哭就在晚上

要笑就笑出爽朗

冰雪可以充饥

寒流岂可阻挡

用春的明媚

把严冬温暖

用豁达心态

让心胸敞亮

让流过的血闪烁光芒

让受过的伤更有力量

当心灵的内壁

结满秋霜我们会懂得

有一种姿态叫站立

有一种风景叫向上

有一种美丽叫沧桑

有一种魅力叫坚强

自信人生二百年

在夸父倒下的地方
我们有站起来的力量
在夸父停步的地方
我们敢于拥抱太阳

既然有人登上了珠峰
我们就会在珠峰上歌唱
哪怕暴风雪怒吼
我们只当是冲锋号在吹响。

既然有人踏进了沙漠
我们就让格桑花在沙漠上绽放
哪怕烈日像火一样燃烧
我们也要向胡杨一样风光

既然历史的前进需要正能量
我们就让正义的声音句句铿锵
风霜雪雨何所惧
艰难困苦又何妨

自信是人生的脊梁
自信是坚强的保障
自信才能经受千锤百炼
自信才能百炼成钢

写于：2019 年 04 月 26 日

我还是我

只要这个世界还存在虚伪
我就不会让我的眼睛迷离
只要这个世界还缺少正义
我就不会让我的呐喊停息

只要这个世界还存在愚昧
我就不会放下我手中的笔
只要这个世界还存在冷漠
我就不会让我的热情降低

只要我的心脏还在跳动
我就不会让我的意志颓废
如果有一天我老了
要驾鹤西去
我还是我，绝不带一点失意

写于：2018 年 10 月 01 日

226

且行且珍惜

不管你愿不愿意
时间这匹快马总是一日千里
不论你喜不喜欢
光阴这支利箭总是一箭四季

你看刚刚还是风雨送春归
转眼已是飞雪迎春到
大红灯笼高高挂
点点红梅展春意
此时此刻展望未来
回顾过去把人生的真谛再确立

请原谅我
不骑快马不赶利箭
不与光阴比翼
我只想乘一匹温顺的千里驹
把余下的光阴
慢慢慢慢地走过去

手握钢笔写真情
满腔热血接地气
人间自有真情意
一心一意谱正义

门楣上
不写春风得意马蹄疾
只写真情在心且行且珍惜

写于：2019 年 01 月 20 日

无悔的选择

有时忙得顾不上吃喝
但我也很快乐
因为我有着
无悔的选择

有时累得顾不上歇歇
但我也很快乐
因为我在干着
我热爱的事业

其实我的选择
就是为人民而讴歌
我的事业
就是把我的爱献给祖国

我是炎黄子孙
我是中华儿女

227

热爱人民热爱祖国

就是我应有的本色

不在意别人的评说

也不在意有谁指责

认准了方向

就迈开脚下的执着

牢记前人的嘱托

争做后人的楷模

这就是我无悔的选择

这就是我热爱的事业

写于：2018 年 05 月 18 日

做人当坦坦荡荡

做人当坦坦荡荡

不议他人是非

不论别人短长

首先做好自己

他人有求热心相帮

做人当坦坦荡荡

不窃窃私语

不隐隐藏藏

行要昂首坐要端庄

做人当坦坦荡荡

没事不找事

有事敢担当

真理要坚持

正义要伸张

做人当坦坦荡荡

不阿谀奉承

不信口雌黄

不做垃圾人

拒绝负能量

做人当坦坦荡荡

要光明磊落

要充满阳光

道路多曲折

也要大步向前方

写于：2018 年 02 月 20 日

勇敢的跋涉者

当你铿锵的步伐
震响我的耳膜
当你矫健的身影
闯进我的眼窝
我就感到你是一个
勇敢的跋涉者

在浩瀚的大海
你紧握着船舵
在苍茫的大漠
你勇敢地跋涉
在崇山峻岭
你攀登在险坡
在茫茫草原
你在马背上高歌

在大海你是明灯在闪烁
在沙漠你是胡杨在摇曳
在深山你是清泉荡着碧波
在草原上你是骏马在巡逻

你像一道彩虹
照亮了我的心窝
你像一座大山

是我意志的楷模

你让我懂得
只要勇于跋涉敢于拼搏
什么岁月蹉跎
什么人生坎坷
那又算得了什么？

写于：2018 年 04 月 08 日

让心灵充满阳光

让心灵充满阳光
让心海溢满花香

让房前百花盛开
让屋后春色满园
喜看蜂飞蝶舞
喜听鸟雀欢歌

看蓝天上的白云
好似莲花朵朵
望茫茫的草原
好似花的海洋
观大海的浪花呀

映出了五彩的光芒

时代在飞跃
祖国在高歌
灿烂的阳光
照耀着华夏山河
美丽的中国梦啊
正像一片花海
涌入我们的生活

写于：2018 年 01 月 09 日

人须活得几分傻

我爱雪飘爱雨洒
我爱弯月爱残霞
我爱春风吹绿时
我爱小草初发芽

我爱细雨湿衣衫
我爱瑞雪头上下
我爱雨中赏风景
我爱雪上作诗画

我爱孤灯书一本

我爱诗中走天涯
我爱与月说情话
我爱星儿笑眼眨

河柳慢送秋江水
挥手夕阳落山崖
我将箫声献枫林
落地红叶也是花

若知什么是潇洒

人须活得几分傻

写于：2017 年 03 月 21 日

路

先辈说地上本无路
走的人多了便成了路
我说先辈走出的路
如果后辈不走了
再好的路也会变荒芜

所以我呼吁
要珍惜先辈的付出

要走好先辈踏出的路

走好先辈的路
不仅要坚守
还要边走边修
把它修的更宽更平更直
让它通往艳阳高照的远方
让它展现出壮丽的风光

写于：2017 年 03 月 14 日

人生的意义

你是一朵祥云
在蓝天上凝聚
我是一场春雨
在大地上播绿

你是一杯美酒
酒香如此浓郁
我是一支彩笔
画出一片情意

你是一湾碧水
映着蓝天多美丽

我是一片草地
用鲜花把大地点缀

你是一行金柳
随风舞起长袖
我是一支短笛
迎风吹着赞曲

你是一只百灵
歌唱着春天
我是一首晨曲
把祖国赞美

遇到雾霾遇到风雨
我们绝不迷失自己
不忘初心牢记使命
我们把正义坚持到底
这就是人生的意义

写于：2018 年 05 月 18 日

让人生风光无限

雨滴如帘雨线如幻
若缺了雷鸣电闪

231

便不够壮观

大山威严挺立天边

若缺了悬崖峭壁

也显淡然

爱情如蜜甜在心间

若无酸辣相伴

甜而不甘

生活优越自在悠闲

若无一点磨难

也会寡味索然

风雨加点闪电

大山加点峰险

爱情加点酸咸

生活加点磨难

人生才是风光无限

写于：2019 年 05 月 13 日

人生短暂做好自己

人生短暂岁月倥偬

一个转身光阴便成了故事

一个回眸岁月便成了风景

要相信山高水长

总有一处风景为你而美丽

人海茫茫

总有一个笑脸为你而绽放

沧海桑田

总有一个去处为你把风雨遮挡

不用刻意掩饰自己

不用费心迎合他人

做一个真实而简单的自己就好

世间成熟的不是岁月

而是我们的经历

虽然我们不能拥有整个世界

但我们可以拥有自己的天地

想自己所想之人

做自己想做之事

当蓦然回首我们看到的

是自己的坚强是自己的笑容是不悔

的过往

写于：2019 年 09 月 15 日

人生的真谛

你很美丽
不知多少人在羡慕你
可你要知道
比你更美丽的人
正在超越你
那些羡慕你的眼神
将会慢慢离去

你很有才气
不知多少人在赞美你
可你要知道
比你更有才气的人
就在你的周围
那些赞美你的声音
也将会慢慢转移

所以
不要为昙花一现的美丽
而沾沾自喜
也不要为某一方面的才气
而谁都瞧不起

其实人生最重要的
是优秀的人品

是善良的心地
是一身的正气
那才是人生的意义
那才是人生的真谛

写于：2017 年 04 月 07 日

人生路上

晚秋的黄昏
残阳斜照晚风清凉
我走在一条
林间的小路上
当一枚枚黄叶
飘落在我的身旁
当一缕缕余晖
离开我的衣裳

我依稀感到
那曾经憧憬过的
那曾经骄傲过的
那曾经自豪过的东西
都在漫漫的岁月中
流失在我走过的路上

我怅然回首遥望那
弯弯曲曲的小路
多想找回那曾经的辉煌
多想重温那青春的光芒

可是不能

我只能拾起
昨日的纯真
和那深深浅浅的足印
把它们装入我的行囊
在继续前进的道路上
把它们酿制成一首首
温馨而难忘的诗行

写于：2019 年 10 月 02 日

牢记使命初心不忘

走过风雨走过冰霜
我们读懂了时光
走过荆棘走过迷茫
我们认清了方向
捧一杯热茶浓郁芳香
写一篇文章荡气回肠

感恩一路上的沟沟坎坎
感恩岁月里的雨暴风狂
让我们的意志无比坚强
让我们的身心百炼成钢

守一份静土使命在胸膛
享一份安然初心永不忘
把余热挥洒把正义担当
把立场站稳把歌声唱响

壮心不已知难而上
只为祖国兴旺红旗飘扬

写于：2019 年 12 月 21 日

人要活出自己的风采

在人生的征途上
有成功就有失败
有欢乐就有悲哀

对于弱者失败会让人一蹶不振无精打
采
对于强者失败就是汲取教训从头再
来

坚韧是前进的风帆

脆弱是人生的大碍

成功绝不是偶然

失败也不要悲哀

人生在世

要像奔腾的大海

波涛滚滚汹涌澎湃

无论成功与失败

都要活出自己的风采

写于：2019 年 04 月 09 日

内心强大才能一生潇洒

人活着就有酸甜苦辣

人走着就有坑坑洼洼

前进就有风吹雨洒

处世就有疙疙瘩瘩

这就是人生

这就是苦乐年华

如果你活着只为取悦他人

到头来只会落得一身伤疤

只有认准方向坚定步伐

坚持真理让内心强大

才能自立自强一生潇洒

听到闲言碎语只当风中的扬沙

受到指责诋毁只当脚下的泥巴

一生正气两肩霜花

就会艳阳高照彩虹高挂

写于：2018 年 08 月 09 日

点燃

在春光明媚的东方

在风云变幻的天下

是谁点燃了天边的彩霞

让层林尽染让山川如画

是谁点燃了满天的星斗

让银河泛起波澜

让苍穹开满鲜花

是谁点燃了万家灯火

让夜如白昼

让人间一片繁华

是谁点燃了心灵的火花

让热血沸腾让信仰升华

啊是东方巨龙高举起火种

是炎黄子孙把神州描画

是中华儿女在实现梦的神话

写于：2021 年 07 月 07 日

只留善心作初心

题记：

    往昔求全，今日求善，善心为引，初心作舟，方渡万千沉浮，驶向生命纯澈之境！

回想过去

我也曾力求完美

做事尽心

处世温馨

吾日三省吾身

而今，我只存

善良在心

瞅春风来了就好

看夏花开了就好

观秋月圆了就好

望冬雪下了就好

心存善良暖自身

身存正义度乾坤

无力争得千般好

只留善心作初心

写于：2024 年 10 月 10 日

第十七辑

情深意长诗锦集萃

我也曾面朝大海

在一个雨后的黄昏
我也曾面朝大海
只可惜我的身边没有春暖
我的眼前也没有花开

唉……
我就是这样的人
喜欢孤独
喜欢孤独地看海
雨后的风好大好大
把我的头发吹起来
把我的风衣抖起来

四周无人
只有一块千年的礁石
像一位长者矗立在海边
与我相伴为我壮胆

暮色中我遥望大海
深沉的大海无边无际
不知是天上的一颗星
还是海上的一盏灯
一缕柔和的光线
划破了大海的幽暗

此刻我想起了她
想起了那双美丽而又略带忧郁的眼
我依稀感到
她离我也许很远
也许并不遥远……

写于：2019 年 05 月 20 日

思

孤独的夜晚
仰望星空
满天的星斗
眨着眼睛
不知哪一颗
是你的身影
你的面容

当乌云密布
雪花飘零
再也看不到你的身影
难道难道那漫天的雪花
是你的泪水化做的精灵

我要腾空而起

飞入苍穹

化作一颗启明星

面对琼楼玉宇

呼唤你的芳名

呼唤我们

难忘的曾经

写于：2017 年 10 月 07 日

爱的星空

你来也匆匆

去也匆匆

一张清秀的娇容

深深印在我的心中

镜子布满了灰尘

再也找不见青春的影

月亮似被打碎

星星挂满了天空

有人说地上有一个人

天上就有一颗星

如今地上伫立孤独人

天上闪烁众繁星

在那茫茫星海里

不知哪一颗是我心中的星？

忽然一颗流星划过天空

美丽又晶莹

那是我心中的星吗？

为什么又消失的无影无踪

我多想化作一缕风

把你追赶虽然我知道

你不会为我

放弃你热爱的天空

你也不愿让我离开

生我养我的土地

和疼我爱我的亲朋

写于：2022 年 05 月 20 日

放飞一只小船

月光柔柔

星光闪闪

我放飞一只小船

满载我的思念

在这幽静的夜晚

让它驶向大洋彼岸

船儿无桨无帆

只有至纯至臻的思念

它不恋海上风光

也不惧海风海浪

它只有一个信念

驶向心中的港湾

如果你在海边

看见这只小船

请你挥一挥手

它会驶向你的身边

满船的思念

都是最真最纯的语言

请你慢慢聆听

请你藏入心灵

思你一生是我的愿

念你一生是我的情

心中有你我从不孤独

思你念你我从从容容

这是前世结下的缘

这是今生不了的情

写于：2022 年 05 月 04 日

想你

白云飘过鸿雁归来

我想起了你

冰河消融鸳鸯戏水

我想起了你

春风吹来桃花开了

我想起了你

泉水叮咚溪水潺潺

我想起了你

如果你是一只海鸥

我愿奔向大海

如果你是一只雄鹰

我愿飞上蓝天

如果你是一匹骏马

我愿奔向草原

如果你是一朵雪莲花

我愿化做冰山守在你的身边

如果你是一缕清风

我愿变成白云

和你一起飞到地角天涯

如果你是一颗小星星

我愿变成玉宇苍穹

永远把你呵护把你包容

写于：2022 年 05 月 20 日

两颗跳动的心

我要飞上蓝天

为你摘下一朵白云

那是我心中的一片绿茵

我要步入林海

为你采下一枚枫叶

那是我心中的一片温馨

如果白云飘到你的窗前

那是我为你遮挡的凉阴

如果嫩叶飘到你的掌心

那是我为你带去的欢欣

如果你把它捂在胸口

你可知道

那就是两颗跳动的心

心愿

我多想把我的思念

搓成一条长长的丝线

一头连着你的脉搏

一头连着我的心愿

我多想把我彻夜的无眠

编成一只五彩的花篮

一半盛着我的青春

一半盛着你的笑脸

我多想把我止不住的泪水

化做一湾清泉

让它穿过万水千山

流入你的心田

我多想把我孤寂的哀叹

制成一根悠长的琴弦

让那拨动心弦的音符

随风飘到你的耳边

飘入你的心间

又见雪花飞

雪花纷飞春节在即

独守孤灯

我又想起远方的你

满腹的心语

就请雪花捎去

捎去青春年少的憧憬

捎去如梦似幻的花季

捎去耳边呢喃一如燕语的温馨

捎去月下相伴的无羁

捎去红梅傲雪的美丽

捎去爆竹声中的相聚

捎去春雪如雨的惬意

不捎长夜的泪水淋漓

不捎孤守的失声哭泣

把孤独永留心底

把甘甜送给心上的你

写于：2021 年 02 月 03 日

守望

清晨我把霞光迎进书房

傍晚我把夕阳送下山冈

入夜我对月亮诉说衷肠

无月的夜

我把星斗点亮

让银河的星光温暖我的心房

让我的目光把它们亲切地守望

春水长戏水的鸳鸯让我遐想

夏花香双飞的蝴蝶让我向往

秋风凉飘零的红叶让我感伤

冬雪扬飞舞的雪花让我泪淌

日月星辰是我的挚友

春夏秋冬伴着我的忧伤

爱情之舟将我载向无边的海洋

孤独的守望是我今生

不变的衷肠

写于：2020 年 12 月 31 日

243

今夜无雨

今夜无雨

只有飘动的柳丝

把圆月摇碎

斑驳的月光

似银似水

撒满一地

晚秋的虫儿

奏起了谢幕的乐曲

那凄美的旋律

时断时续

宛若月光下的荷塘

泛起的涟漪

我独坐书房

毫无睡意

点燃一支红烛

把往事回忆

不经意间

竟被这晚秋的花香

浸透了诗句

啊这浸透花香的诗句呀

让我又想起了久别的在异国他乡的

今夜无雨

就让这些诗句

和鸿雁一起

穿云驾雾跋山涉水

飞到你的身边

飞到你的心里

写于：2020 年 10 月 10 日

雨

曾记得

电话铃响起

你告诉我下雨了

开窗望去

云雾蒙蒙细雨霏霏

地上的流水泛起了涟漪

你在那头无言

我在这头无语

时间在沉默中过去

我知道

244

那天上的雨

是你眼中的泪

那地下的水

是你思念的雨

不用多言心能会意

不用多语情在心里

在这飘雨的日子

多少话儿飘在云里

在这飘雨的季节

多少相思洒在雨里

写于：2022 年 03 月 03 日

鸿雁南飞

题记：

　　北方的深秋，犹如一幅美丽的画卷。河水汤汤，垂柳依依，芦花似雪，夕阳如血。雁阵南飞，其鸣嘹唳，声声扣心。此景此声，泛起心中的情思与憧憬，遂成此诗。以记幽怀。

鸿雁南飞的时候

我的秋天还远没结束

小河流水泛着波浪

岸边垂柳在风中荡漾

水中芦苇挺着胸膛

那整齐飘逸的芦花啊

染红了玫瑰色的夕阳

我走在河边的小路上

晚开的菊花散发着清香

草中秋虫还在低声吟唱

水中鸳鸯留恋着故乡

归巢鸟儿叽叽喳喳

匆匆地在晚霞中飞翔

初升的月亮闪着柔光

南飞的鸿雁成队成行

声声雁叫入我心房

我的心儿又飞向了远方

但愿今夜有梦

梦到鸿雁南去的地方

梦到鸿雁归来的故乡

写于：2021 年 10 月 10 日

245

高举一碗马奶酒

秋风阵阵草浪翻

秋水弯弯水潺潺

高举一碗马奶酒

鸿雁南飞泪涟涟

勒勒车轮向前

车辙似弦留后边

牧羊犬叫声连

牛羊迁徙在草原

秋风劲百花残

金色草原光闪闪

马头琴响耳边

冬不拉弹起两根弦

牧歌悠悠落鸿雁

情诗绵绵印心间

倒满马奶酒一碗

月光星光酒中闪

送走鸿雁思鸿雁

酒水喝干泪水满

不知鸿雁几时回

望穿秋水在云端

写于：2019 年 10 月 28 日

思念

有一种思念

明知没有结果

也还是不停地思

不停地念

思得夜难寝

念得心难安

是缘还浅分还薄吗?

我愿用三生三世去修炼

是前世的情还未了吗?

我愿流干泪水去偿还

今生我最大的心愿

是让我思念的人

能够知道我的思念

今世我最大的期盼

是让我思念的人

也能够把我思念

写于：2020 年 05 月 20 日

梦在飞翔

夜深人静夜色茫茫

不知何时进入了梦乡

梦里

我长出了一对翅膀

在夕阳落山的地方飞翔

星空下的山冈风清月朗

一抹残霞闪烁着玫瑰色的光芒

小花在月光下绽放

露珠在草叶上闪光

那淡淡的清香是泥土的芬芳

那有节奏的声响是大海的波浪

是谁在这遥远的地方

把故乡深情地遥望

是谁在这月光如水的夜晚

把思念的泪水流淌

我在夜空里飞翔

不知这是什么地方

是我的故里?

还是异国他乡?

我轻轻地把竹笛吹响

让乡音飞近她的身旁

那是我永恒不变的衷肠

我多想就在这梦里飞翔

飞翔在有她的地方……

写于：2021 年 03 月 07 日

那就是我

如果

蓝天上飘来一朵彩云

那是我为你送来的吉祥

让我亲切地祝福你幸福安康

如果

暗夜里天上的星星在闪烁

那是我为你点燃的灯火

离你最近的那颗就是燃烧的我

如果

阳春三月鲜花绽放

那是我为你撒下的芬芳

如果

三伏酷暑雨打纱窗

那是我为你送来的凉爽

如果
秋高气爽叶闪红光
那是我为你绘制的画廊

如果
三九严寒天降瑞雪
那就是我为你送来的白玫瑰
九千九百九十九朵

写于：2018 年 03 月 08 日

紫色的梦幻

薄雾笼罩的窗前
紫丁香曼舞翩翩
花朵如此娇艳
一片紫色晕染双眼

丁香在醉眼里蒙眬
思念在心湖里搁浅
遥想那万水千山
泪水又洒满胸前

一枚枫叶在书卷里铺展
一首情诗在叶下安眠
倩影柔柔笑脸甜甜
又揉进了细雨绵绵

月儿守望银河岸边
星儿把银河洒满
夕阳已经落山
紫色把层林尽染

谁的玉指刺绣了梦幻
让孤寂的心海
挂满了紫色的灯盏
本该平静的心啊
又燃起绚丽的火焰

多想飞越千山
与你相见
让那纯洁的情感
飞进那紫色的梦幻

写于：2019 年 01 月 09 日

美丽的忧伤

秋风阵阵
秋意浓浓
风吹落叶
飘荡在雨中

我捡起一枚枫叶
用我的心血
写满你的名字
让它随风飘向远方

飘雨的时候
你听到的是我的私语
起风的时候
你听到的是我的呼声

飘雪的时候
你看到的是我晶莹的泪花
弯月升空的时候
你看到的是我揉碎的心片

纵有千山万水的阻隔
纵有太多太多的无奈
我也要在我的心灵深处
为你留下一片空白

让它把爱存放
把爱滋养
让它把爱浸润
把爱绽放
绽放成盛开的花朵
绽放成美丽的忧伤

写于：2019 年 09 月 09 日

假如

假如有一种生日
能让人永远年轻
我愿化作一支蜡烛
默默地为你燃烧一生

假如有一种友情
能相伴永恒
我愿做一艘航船
与你一起前行

假如有一种憧憬
能激荡心灵
我愿变成一座灯塔
为你照亮前进的航程

假如有一种执着

能找回梦中的激情

我愿化作一股清风

为你把一切障碍扫平

写于：2019 年 01 月 29 日

牵手

你牵着我的手

我牵着你的手

我们像两条小溪

走出了大山的山口

走出了山口

我们依然手牵着手

那掷地有声的承诺

我们一起坚守

手牵着手

一股暖流

就涌入了肺腑

不怕岁月蹉跎

不怕严寒酷暑

手牵着手

心中的誓言说出口

即使前面是悬崖峭壁

也要像瀑布一样

潇洒落下挺胸昂首

手牵着手

只有喜悦没有愁苦

同风雨共岁月

即使倒下了

也会紧握彼此的手

写于：2021 年 10 月 31 日

在天的那边

在天的那边

很远很远

有我的情在流淌

那里是夕阳落山的地方

那里是晚霞最美的地方

我的心在那里徜徉

我的爱在那里飘荡

我要用我的真诚

去目睹夕阳的容光
我要用我的痴情
去亲近晚霞的光芒

尽管一生一世
也可能去不了那个地方

写于：2021 年 01 月 04 日

今夜

今夜
天冷云浓
昏黄的路灯
映着我时短时长的身影
我沉重的脚步伴着刺骨的寒风

今夜
我丢失了昔日的笑容
只有忧伤充满心灵
没有目标也没有方向
只在这长夜里前行

今夜
没有谁与我同行

就连流浪的猫狗也没了踪影
城市的夜呀如此宁静
可我滔滔不绝的心语
却一直说个未停
因为我心中的她
一定会在遥远的地方聆听

今夜
天上没有月亮也没有星星
行道树上也没有残叶飘零
只有这条公路伴我同行
不知这公路的尽头
是不是我的又一个黎明

写于：2020 年 12 月 24 日

沙滩上的画

独步海滩
突发奇想
我要在这美丽的海滩上
绘出一幅美丽的画
绘出大海的波澜
绘出浪花的飞溅
绘出千万只海鸥在飞旋

在大海的尽头

我要绘出一座美丽的海岛

绘出一轮高悬的明月

绘出岛上迷人的夜晚

在这美丽的海岛上

我要绘出一位长发女郎

穿着紫色的衣裳

她的脸上有晶莹泪珠在闪光

她在花丛中徜徉

她在月光下浅唱

她徜徉着心中的思念

她浅唱着今生的忧伤

大海呀

你如果有情

就请你把这幅画带到女郎的身旁

让她知晓

在遥远遥远的地方

有一个人在把她思念

有一颗心在为她激荡

拜托了浩瀚的大海

辛苦了多情的大海

写于：2019 年 12 月 29 日

常常地问

我常常地问

你在哪里？

我又默默地回答

你在哪里也不影响我对你的牵挂

春天树上鸟鸣

是我的歌唱

夏天溪水潺潺

是我的吟诵

秋天满山红叶

是我敞开的心扉

冬天漫天大雪

是我挥洒的泪花

黄昏绚丽的彩霞

是我为你绘出的画

夜晚满天的星斗

是我为你点燃的火花

那弯弯的月亮呀

是我寻觅你的小船在出发

我常常地问

你在哪里？

我又默默地回答

你在哪里我都一样地把你牵挂

写于：2019 年 10 月 13 日

我是一把古老的琴

我是一把古老的琴

琴里藏着

最美的声音

那声音

是情的奔放

是爱的低吟

我把它埋在心里

每一个音符

都埋得很深很深

我等待着

一双手一个人

用最美的温馨

去拨动我尘封的灵魂

让它奏出美妙的声音

写于：2017 年 06 月 09 日

真情四首

一

一枚红叶装信封

轻轻封口寄海风

信中并无一个字

却有家乡一片情

二

盏盏红灯挂树中

不惧烈日与寒冬

随风舍去一身叶

只留丹心一片红

三

一轮明月挂窗棂

吴刚美酒香气浓

远邀游子共举杯

天涯海角诉衷情

四

红梅花开一树红

岁岁年年景相同

三九严寒花更艳

心有远方爱意浓

写于：2019 年 12 月 01 日

秋雨

本来看不见的思念

在秋雨中便能看见

那又细又长又密的雨线

是思念是心曲是梦幻

在绵绵的雨丝里

有相思树结满的红豆

有连理枝紧紧地缠绵

有比翼鸟在空中的嬉戏

我若是那片云多好

轻轻地飘到你的房前

把满腹的思念

变成一场温柔的秋雨

飘洒在你幽静的小院

浇灌你的情思

浇灌你的爱恋

写于：2019 年 09 月 15 日

我情愿

我情愿

做你窗前的一弯月亮

把你心爱的书房洒满月光

我情愿

做你屋檐上的一只小鸟

把我悦耳的欢唱

送进你充满诗意的心房

我情愿

做你院中的紫丁香

让你的诗句和文章

都沁满我的芬芳

我情愿

做你的一对翅膀

伴随你

到天涯海角去飞翔

写于：2018 年 08 月 29 日

你说

你说你是一片云
那我就是蔚蓝的天空
任你在蓝天上飞行

你说你是一叶风帆
那我就是浩瀚的大海
任你在海上破浪乘风

你说你是一轮弯月
那我就是天宇苍穹
任你在苍穹里闪烁光明

你说你是一匹野马
那我就是无边的草原
任你在草原上奔腾

你说你是一块坚冰
那我就是燎原的火种
化冰为水还你一片柔情

写于：2018 年 04 月 14 日

心中的雨巷

淅淅沥沥的小雨
轻轻地敲打着我的门窗
丁香一样的姑娘
缓缓地走进我心中的雨巷

梦幻般的情景
激荡着我尘封的心房
我速速起身离开书房
去寻觅那悠长的雨巷
去寻觅那丁香一样的姑娘

撑起一把油纸伞
在黄昏的细雨中张望
眼前是霓虹闪烁的高楼
身边是鲜花簇拥的广场
在高楼和高楼之间
我仿佛看到了那条悠长又寂寥的雨
巷

在广场的花丛中走来一位
烫着金发的女郎
当她与我交臂的瞬间
我仿佛嗅到了丁香一样的芬芳

啊！诗人笔下的雨巷

虽然改变了模样

可它一直住在我的心上

丁香一样的姑娘

虽然改变了梳妆

可她一直在我的心海徜徉

感谢诗人笔下的雨巷

给了后人多少文化的食粮

感谢丁香一样的姑娘

给了人们多少甜蜜的向往

我为诗人悠长的雨巷点赞

我为丁香一样的姑娘歌唱

写于：2021 年 03 月 01 日

待卿长发及腰

待卿长发及腰，问卿一切可好？

春花秋月易逝，心友真情难了。

待卿长发及腰，祝卿容颜姣好。

笑声耳边缭绕，情系天涯海角。

待卿长发及腰，不惧世俗阻挠。

哪怕万里相隔，怀抱玫瑰相邀。

待卿长发及腰，共游世界可好？

也当一次水草，也别一次康桥。

待卿长发及腰，相伴一起变老。

坐观小桥流水，慢享细雨芭蕉。

写于：2019 年 11 月 08 日

小桥与弯月

天上月儿弯弯

地上小桥弯弯

弯弯的月亮有星儿陪伴

弯弯的小桥有流水缠绵

我坐在桥边

把满天的星斗遥看

不知哪一颗

是你的身影你的容颜

小桥流水潺潺涓涓

像在低吟

像在轻弹

不知那是不是

你的心声你的思念

忽然一颗流星划过眼前

那是你吗?

如果是你

请你落在我的身边

那是我日日夜夜

魂牵梦绕地期盼

夜静人安星光闪闪

小桥流水如弹琴弦

如果那就是

你的心声你的思念

那就让我将它化作一首诗篇

让这如泣如诉的水声

伴着我的心血诗篇

永远回荡在你的心上你的耳边

写于：2021 年 05 月 15 日

痴情

你脸上的红晕

是我眼中的一抹霞

你深情的一笑

是我心中的一朵花

我们在月光下漫步

是我五百年修来的缘

我们在风雨中同行

是我千年盼望的梦

我愿是你雨中的伞

为你撑起一片天

我愿是你生命中的一棵树

为你遮上一片凉阴

我愿是你心灵上的一首诗

陪伴你走过一个又一个春夏秋冬

我愿陪你一生读你一生

那是我今生今世的一片痴情

写于：2019 年 10 月 10 日

多情苦

人间最是多情苦，

雁归来，书未有，

一场空欢，怎对春风舞。

望穿秋水雁又走，

一腔情，诗一首。

257

一首情诗未捎走，

双手捧，在胸口，

欲将情断，又往天涯瞅，

金樽邀月泪成酒。

轻回首，风中柳。

　　　　写于：2017 年 04 月 01 日

我丢失了一颗月亮

在一条幽静的小路上

我丢失了一颗月亮

那是珍藏在我心上的月亮

我无数次地将她寻找再寻找

可我却是无数次地失望又失望

我无奈地仰望天空

发现天边挂着一颗月亮

我惊喜地将她呼唤

可她不言也不语不声也不响

只把淡淡的微笑挂在脸上

唉那不是我的月亮

我的月亮在心上

心上的月亮比天上的月亮

更美更漂亮

　　　　写于：2017 年 07 月 14 日

半个月亮

幽静的夜空

悬挂着半个月亮

那是我心中的月亮飞到了天上

那么幽静那么明亮

既像是在银河里航行

又像是在云层里飘荡

时而隐身不见时而露出面庞

啊月亮月亮

你是不是在寻找那半个月亮

在我心中

珍藏着半个月亮

那是天上的月亮

飞进了我的心房

那么美丽那么忧伤

既像是在心海里徜徉

又像是在思念中惆怅

时而闯入灵魂时而飞出胸膛

啊月亮月亮

你是不是在想念那半个月亮

月亮啊月亮

你半个在天上半个在心上

心上的月亮在天上

天上的月亮在心上

写于：2016 年 12 月 14 日

来世我们还要相见

不要说珍重

不要说再见

你的身边

还有我的温暖

不要说记恨

不要说爱恋

让一切都去随缘

前世的一次回眸

换来了今生的一次相见

前世的一次擦肩

换来了今生的一段相伴

前世的失信

让今生的泪水涟涟

前世的坚守

换来了今生的同枕共眠

一切有缘

一切随缘

不要恶语相加

不要唇枪舌剑

因为来世

我们还要相见

写于：2021 年 06 月 01 日

春夜深深

春夜深深

一头秀发把梦魂牵引

春夜沉沉

一曲弦音将相思漫浸

谁把恋曲轻轻弹起

谁将情诗慢慢轻吟

仿佛是缠绵的小溪

在蜿蜒的山谷里行进

仿佛是南归的鸿雁

在云层里发出的乡音

不那是多情的人儿

弹奏着忧伤的琴

那是痴心的人儿

倾诉着不眠的心

把深情献给春神

将真爱献给情人

啊!

春夜深深春夜沉沉

写于:2018 年 05 月 03 日

想你时

想你时

你是天上星

遥望星河到天明

想你时

你是窗前月

多少话儿诉月听

想你时

你是温柔的风

风儿送来你的话语声

想你时

你是腮边的泪

泪珠儿映出你笑容

想你时

你是夜雨声

雨点沙沙入心灵

想你时

你是晚霞红

霞中又见你身影

想你不分春与夏

想你不分秋与冬

只愿百年不相忘

天涯海角共此生

写于:2018 年 07 月 10 日

爱的承诺

曾经有过爱的承诺

那是你我生命中的情波

你说我是你生命的河

流着你的欢乐

我说你是我向阳的坡

开着我的花朵

你说不管是风是雨

我们都要掌好前进的舵

我说不管是苦是涩

我们都要坚守爱的承诺

就这样

几十年风风雨雨

几十年苦苦涩涩

生命的河一直泛着爱恋的情波

向阳的坡一直开着芬芳的花朵

写于：2016 年 11 月 06 日

年关的雪花

题记：

　　年关将近，漫天雪花从天而降，带来了乡愁、带来了相思，带来了无限的美好和期望。

年关的雪花

洒落一地的相思

挂在树上

那是故乡的梨花

飘在空中

那是远方的泪花

铺满大地

那是儿时的童话

吱吱作响的声音呀

那是游子归来的步伐

谁在雪中漫步

一身霜花

谁在寒夜独饮

泪流脸颊

谁在默默赋诗

孤灯窗下

谁在遥望夜空

寄语天涯

八千里乡愁

盛满泪花

一生的真爱

怎能放下

雪花洒满相思

相思化作泪下

当子夜钟声

在耳边响起

是谁依然把酒杯斟满

把红灯高挂

向着远方

挥泪倾诉盼归的情话

写于：2018 年 02 月 15 日

田园雨中情

雨中的田园

美丽的葵花低下了头

和紫色的马铃薯说着悄悄话

盛开的槐花

散发着浓郁的花香

让这雨中的田园

更加情意绵绵如诗如画

调皮的风儿一阵阵地刮

让玉米的叶子在风中起舞

让路边的小白杨掌声哗哗

我站在老槐树下

和远方的人儿心语慢话

树上的喜鹊叫声喳喳

似乎听懂了我默念的情话

多情的雨呀

淅淅沥沥飘飘洒洒

好像故意将我留下

让我在这蒙蒙细雨中

尽情地欣赏田园的雨景

让我把家乡的一景一幕

都告诉给久别的远方的她

写于：2016 年 06 月 15 日

雪中观雪

乌云飘过

雪花飞落

我俩牵手飞奔

站在雪中观雪

我说那漫天飞舞的雪花

是春天里盛开的梨花

你说不那是天上的蝴蝶

飞到人间做客

我说你看地上的蝴蝶只是一双一对

而天上的蝴蝶却是成群结队
你说那是它们的潇洒
它们的欢乐

我们在雪中观雪
不！我们是在雪中观蝶
好开心好陶醉
你说要学会用想象观雪
你想它有多美
它就会有多美

对用想象观雪
好美好美
你看只有片刻时间
我已是白发苍苍
你已是青丝如雪

你说那是梨花
开满了青丝
那是蝴蝶
落满了黑发

写于：2022年01月06日

初冬的黄昏

初冬的黄昏寂静而清凉
幽静的小林洒满淡淡的月光
晚霞中的夕阳
把最后一抹霞光
揉碎在河水中荡漾

我独享这小林的幽静
也惬意这月光的清凉
在这林中的小河旁
我凝望落叶在晚风中起舞
我静观河水载着霞光流淌
柳叶绿中泛黄
枫叶闪着红光

冬已来临秋已成过往
花儿凋谢叶儿飘荡
可我的思念啊
却像春天里盛开的玫瑰
散发着芳香

思念是我的牵挂
芳香是我的柔肠
我多想变成一只鸿雁
飞到你的身旁

把我思念的芬芳与你一起分享

写于2017年11月09日

情断肝肠

蔚蓝的天空鹰在翱翔

苍茫的草原一片金黄

风吹草低现了牛羊

身边鸿雁已飞向远方

谁的琴声带着忧伤

谁的歌声带着苍凉

晚霞的余晖洒满了苇塘

风中的芦花染红了脸庞

一曲《天边》把姑娘怀想

一首《鸿雁》盼大雁还乡

一年又一年把远方遥望

一年又一年情断肝肠

写于：2021年11月03日

痴情

秋雨绵绵秋草黄，

南雁声声在耳旁。

书信一封托鸿雁，

字字句句情义长。

泪融酒中月苍茫，

举杯无言向南方。

一颗痴心千杯酒，

秋风做伴草做床。

写于：2020年10月01日

一颗痴情的心

摘一朵玉兰花寄给你

那是家乡最美的春天

采一片红叶捎给你

那是一颗痴情的心

拍一对蝴蝶传给你

那是我昨日的梦

掬一捧泉水献给你

那是我不变的柔情

让夕阳送去我的叮咛

让晚霞映出你的娇容

让白云捎去我的诗篇

让长风带来你的吟诵

我用痴心遥望你的身影
我用一生等待与你的相逢

写于：2019 年 04 月 10 日

鹊桥赞

鹊儿喳喳叫，
相邀去架桥。
银河水漫漫，
鹊桥可牢靠？

为了七夕节，
鹊儿全来到。
羽翼空中连，
鹊桥最可靠。

王母划银河，
只为护天条。
鹊儿架银桥，
爱情价更高。

一年一架桥，

何惧万里遥。
感天又动地，
谁不赞鹊桥。

牛郎与织女，
泪洒鹊儿桥！

写于：2021 年 08 月 08 日

七夕

在夕阳落山的地方
我送走最后一抹霞光
在七夕的晚上
我把银河上的鹊桥遥望
在幽静的葡萄架下
鹊桥上的私语在我耳边回荡

美丽的七夕令人神往
短暂的相会令人悲伤
多情的鹊儿让人感动
无情的王母让人心伤

我在星光下流连
祈祷七夕温馨绵长

我在银河下徜徉
盼望鹊桥成为一条永恒的长廊

天上的流星
是我心灵的闪光
云中的月亮
是我梦中的红娘

在这七夕的晚上
多想让天涯人跨越重洋
把心上之人看望
在这夜深人静的时候
多想让牛郎的私语
传到心上人的耳旁

让七夕的真情
在彼此心中荡漾
让久别的思念
燃烧着彼此的胸膛

在这枝繁叶茂的葡萄架下
我祝福天下有情人
在彼岸幸福安康
在这情深意长的七夕晚上
祈愿彼此曾经的爱恋永留心上

写于：2018 年 08 月 17 日

真情永恒

你是春天的柔风
在霞光中缓缓拂动
我是秋天的碧空
在白云上静守永恒

你用你的温柔
将我浸润
我用我的真情
将你包容

不管春夏秋冬怎样交替
你总是温暖柔情
不管岁月光阴怎样更迭
我总是纯洁透明

在七夕的月光中
让我们相互搀扶
到我们亲手栽培的葡萄架下
聆听鹊桥上的真情

你说你听到了牛郎的笑语

我说我看到了织女的娇容
你说你恨王母的无情
我说我赞美喜鹊的真诚

夜深了风儿吹得轻轻
你说那是鹊儿的羽翅扇起的风
下雨了雨点洒得匆匆
你说那是星儿眸中落下的晶莹

你在我的怀中安睡
我在你的身后遮风
就这样静静地静静地
享受着七夕的甜蜜真情

　　　　　写于：2016 年 08 月 09 日

腊月的夜晚

腊月的夜晚宁静而多情,墨蓝色的夜
空,
星光闪闪,月光融融,
那么沉静,那么柔情。
偶尔几声炮鸣划破了夜空,
那是迎春的人儿,
期盼过年的心声。

多情的人儿呀,
又把相思流满了心胸。

你从梦中醒来,
依在窗前遥望夜空,
那满天的星斗呀,
哪一颗是她的身影?
那弯弯的月亮船呀,
哪一天是她的归程?

她走了多少年,你已记不清,
但你每逢过年都把那间小屋,粉刷干
净,将她静等。
她写的那幅字画,
你又重新裱糊装订,
仍然挂在墙面的正中。

那本厚厚的影集,
你又一张一张地摆放端正,
她爱喝的葡萄酒,你早已备好,放在
家中,只等三十那天,
你要为她满满地斟上一盅……

啊!腊月的夜多么宁静,
可你对她的思念呀,
却像大海的波涛一样

汹涌奔腾……

写于：2017 年 01 月 17 日

带着相思入梦

腊月最后几天的夜晚

虽然临近春节炮声增多

但丝毫不影响夜晚的宁静

安静的小屋依然寂静

其实不静的

是你苦苦思念的心情

虽然小屋已粉刷干净

年货也购买齐全

犄角旮旯都也打扫

小屋已窗明几净

可你心上的人呵

能否归来还是一片朦胧

无眠的你听着时钟已敲响三更

思念的潮水却更加澎湃汹涌

你默默地祈祷

今年的三十

能不能不要让你再空等

不要让你再把金樽空碰

不要让你的泪水再湿前胸

腊月最后几天的夜呀

显得更长更静

满天的星儿眨着眼睛

好像在为你观察着她的身影

几次飘落的雪花

还在路边闪烁晶莹

好像是为了她而要把道路照明

你静静地带着相思入梦

等待着等待着又一个迷惘的黎

明……

写于：2017 年 01 月 23 日

家乡正在迎新年

月儿弯如小白船

漂入银河不扬帆

满天星儿常相伴

谁又夜半不入眠

无眠人儿思念远
一颗痴心在天边
心上人儿可知晓
家乡又在迎新年

待来年山泉潺潺
桃花如雨
她要为鸿雁接风洗尘
只为收到那个人为她谱写的心曲

写于：2016 年 01 月 24 日

写于：2019 年 10 月 26 日

心曲

她说她要到一个荒凉的地方住下来
吃野菜采山珍
面对群山和森林
待明月升起
为他续写那封长长的信

她说有一个衣衫褴褛的人
在远方等着她的信
他的住处有绿色的篱笆
白色的小鸡
他会在晚霞里
吹响那支短短的竹笛

她写好信
交给鸿雁
让鸿雁帮她捎去

远方的思念

她走了
走的那么远那么远
好像走到了天涯海角
你满怀思念
把她追赶
追的那么远那么远
好像越过了地角天边

思念的话儿
一串串一串串
因为没有见到她
你把那串串话儿
洒在了草原
洒向了大海
洒到了无边无际的群山

如果她漫步草原看到鲜花烂漫
那浓郁的花香
就是你对她的思念

如果她面朝大海看到汹涌的波澜
那拍岸的涛声
就是你对她的呼唤

如果她游览群山听到清泉叮咚
那流水的潺潺
就是你对她诉说的期盼

虽然你们已经很久很久没有相见
可你无时无刻不在把她思念
月儿圆了又缺缺了又圆
你都守在你们相约的小河边老树下
等待着等待着她的出现

写于：2019 年 12 月 07 日

那年送她到渡口

那年送她到渡口
夕阳挂在柳梢头
你挥手她挥手

一叶兰舟江上走

那年送她到渡口
青梅竹马初分手
心相连情相守
那句话儿未出口

那年送她到渡口
跟在父母身后走
知心话儿压心头
两肩紧并未牵手

那年送她到渡口
多想与她一起走
船调头未松手
人间最是离别苦

那年送她到渡口
眼见船儿到那头
高跷脚频摇手
晚霞飘红风摆柳

那年送她到渡口
归来只有月相守
月相守到白头
依然等她回渡口

270

写于：2019 年 11 月 20 日

一颗沧桑的心

你有一颗沧桑的心

在草原在荒漠在森林

你有一双忧郁的眼

望蓝天望行云望星辰

你有一封寄不出的信

信上只有一个名字和三个字紧跟

你有一个讲不完的故事

在渡口在船头在远去的蓝裙

你有一个甜美的梦

你吹笛她轻唱

你写诗她轻吟

忧郁的眼

沧桑的心

讲不完的故事

寄不出的信

只有一个梦儿伴终身

写于：2018 年 09 月 25 日

红叶与短笛

漫步渡口凝目蹙眉

你又把那年的今日回忆

也是秋风习习

也是水起涟漪

你送她一枚红叶

她送你一支短笛

一别不知多少个日夜

红叶不知飘在哪里

短笛吹出了一首首心曲

春来冬去秋来夏走

红叶仍是你的希冀

短笛吹出的心曲

已化作一部诗集

如今站在无船的渡口

你不敢低头

低头定是一江泪水

你抬头望天

又见鸿雁南去

多想再把一枚红叶捎走

只怕只怕捎不回一枝短笛

写于：2018 年 09 月 14 日

故乡十月秋雨绵绵

故乡十月秋雨绵绵
洒遍原野洒遍群山
红了枫叶湿了农田

故乡十月秋雨绵绵
岸柳摇曳袅袅炊烟
满了江水湿了渡船

故乡十月秋雨绵绵
淡淡云天晚霞嫣然
心系海角情赋诗篇

你漫步渡口泪水涟涟
鸿雁南去已入云端
笛声又起让人肠断

愿远方人儿加衣保暖
待雪漫年关期盼团圆

写于：2018 年 11 月 17 日

月儿弯弯载着你的期盼

分别那天月儿很弯
弯得像一条小船
在飘动的云层里时隐时现
那棵国槐树冠很圆
圆得像一把巨伞挺立在河边

她告别的话很轻很缓
听不出有什么特别的内涵
你一再祝她
一路顺风一路平安

当她的身影就要淡出你的视线
你才大声呼喊：
等到月圆的时候
我们还在这里相见！

日月穿梭光阴似箭
你们一别四十年
却没有相见
四十年
每到月圆
你都要来这里慢慢等待和思念

你眸中的泪花

272

映着她俊秀的脸和她

乌黑的短发

淡雅的蓝裙白衫

你独步河边

没有失望没有埋怨

只是想

只要你人还在

月还圆

你就会来这里

和老树相伴

在月光下洒下你的思念

在槐影中放飞你的期盼

写于：2016 年 09 月 07 日

月儿圆圆载着你的思念

踏着淡淡的月光

你踱步在静静的小河旁

薄云载着弯月

河水在静夜里流淌

你想起分别的那个晚上

她俊秀的面庞带着忧伤

:

可你却把难舍难分的话儿

埋在了心上

踏着银色的月光

走在高高的老树旁

圆圆的树冠藏着弯弯的月亮

老树的影子在月光下斜长

你想起分别的那个晚上

她离去的身影带着惆怅

可你却没有把她送到

明亮的大路上

在这幽静的晚上

小河流水好像是她在歌唱

树冠上洒下的月光仿佛是

她温柔的目光

听着她的歌想着她的模样

你的心儿又沉浸在过去的时光

虽然你们天各一方

但你却没觉得山高水长

你只想在约好的这里等待

等待欢聚的时刻

等待黎明的曙光

写于：2016 年 10 月 07 日

月光下的小河边

一轮圆月悬挂在天边
稀疏的星斗似隐似现
你踏着银色的月光
独步在寂静的小河边

那棵古槐下面
是你的脚印写满的思念
那冰封下的河水潺潺
是你吟诵的爱恋

寒风吹拂着你清秀的脸
一头花发
在月光下犹如霜染
你的步伐已不再矫健
你的身躯也难御风寒

我轻轻地走到你身边
把一件寒衣递到你面前
你面带笑容回我婉言

我与你漫步在小河边

劝你把无望的相思了断
你的坚毅让我无言
你的守信让我感叹

我把寒衣披上你的肩
泪水打湿了我的眼
你仰望着明月俯视着沙滩
多少相思多少爱恋
又将化成一首首诗篇

写于：2017 年 12 月 18 日

山谷里的相思

晶莹的雪花
落满了荒凉的山坡
顽皮的山雀
唱着欢乐的歌

你仰卧在背风的山窝
望着天上的白云掠过
你吹响心爱的短笛
山谷里荡起爱的情波

你喜欢这山谷的寂寞

可多情的泉水却把思念弹拨

你景仰大山的巍峨

可耳边又响起了她对爱的承诺

瞬间

一首情诗飞出了你的心窝

可两行热泪却在你的腮边不停地滑落

写于：2018 年 01 月 04 日

雨中的诉说

你在雨中诉说

诉说这缠绵的六月

抬头有呢喃的雨燕飞过

低头有多情的雨点飘落

她是否也在雨中

她是否也在思索

那雨中一起漫步的岁月

不知她还记得几多

那条小河还在潺潺流过

那棵古槐还伴着月圆月缺

林中小草又开出了鲜艳的花朵

那雨中的沙滩呀

让你依稀看到了

她曾经的诗句斑驳

六月的雨淅淅沥沥

敲打着你的心窝

小河的水淙淙潺潺

诉说着你的寂寞

请古槐再邀明月

让你把你的执着诉说

写于：2019 年 06 月 05 日

等她

风暖了马兰花开了

你在田野里等她

桃花开了杏花谢了

你在梨花下等她

下雨了山丹花开了

你在小溪边等她

河开了雁来了

你在湖边等她

山绿了杜鹃花开了

你在花丛中等她

不问春花秋月何时了

不问往事知多少

只待雁南去雪花飘

你在故居等她

等她归来等她团圆

写于：2019 年 04 月 08 日

枫红

那天也是这雨后的黄昏

天空中升起了一道弯弯的彩虹

你拉着她的手又说又笑

奔向这晚霞染红的小山冲

那路没有泥泞只有红叶铺就的枫红

那路没有崎岖只有山林的幽静

那风没有清冷只有远处泉水的叮咚

你们坐在一棵野山楂树下

尽情地观看这雨后多彩的风景

你说你喜欢这枫叶铺满的大地

她说那是相思溢满的嫣红

你说你喜欢这彩云飘舞的天空

她说那是夕阳献出的真情

你说这红叶映照的彩云

像一幅美丽的画卷

她说那是大自然的和谐和永恒

在那甜美的宁静中

你们忘记了深秋夜晚的寒冷

也忘记了归途时山路的朦胧

在那幸福的甜蜜中

你们看到了漫漫长风

吹落的最后一枚枫叶

你们看到了从容夕阳

留下的最后一抹胭脂红

写于：2016 年 08 月 18 日

听雨说话的声音

一阵清风

送来一片白云

笼罩了青山笼罩了树林

你说那不是云

那是多情的雨

即将降临

你深情地凝望白云
一双眼睛望得出神
转眼间
一场甘霖果真降临
雨点打湿了你的衣衫
也淋湿了她的蓝裙

你拉着她的手
飞奔到美丽的枫林
她笑你被雨淋得慌了神

你含笑低语
悄悄地告诉她
你不是被雨淋的慌了神
你是要带她到树下
去听雨说话的声音
听听雨对枫叶说了什么
让枫叶那么喜悦和欢欣

写于：2017 年 09 月 16 日

多么希望

她多么希望
你能用分别时
送你的那支笔
在宁静的夜晚
蘸着夜来香花瓣上的露珠
为她写下一首
浪漫的诗行

那时她将欣喜若狂
将诗文紧贴胸膛
那时她将点亮满天星斗
把月亮请进书房

在秋虫的浅唱声中
细细品读你的诗行
品出你的心声
读出你的衷肠

让爱在血液中流淌
让情充满心房
让寂寞的心海不再忧伤
让孤独的人生充满希望

她期待期待

期待你
从遥远的地方寄来的
带着花香的诗行

写于：2019 年 10 月 04 日

默默无言也美丽

你不言她不语
心里装得全是你
有了你就惦记
天天都想看到你

看到你又无语
多少话儿在心里
脚步踏在小林里
却说晚霞多么美

风吹湖面起涟漪
水中映出她和你
青春佳影怎忘记
相对一笑又无语

两只手儿牵一起
星星眨眼含笑意

相伴无言成默契
默默无言也美丽

写于：2017 年 05 月 13 日

等你到秋天

你说请她等你到秋天
等枫叶红了
你们再相见
你说不是故意要拖延
只因春天的风儿太柔软
载不动你沉沉的思
痴痴的恋

你说夏天的云雾太迷漫
看不清她窈窕的身影
俊秀的脸

你说秋天云白天又蓝
映出她的容颜花一般
秋水清秋水蓝
映出你的身躯壮如山

你说请她等你到秋天

278

虽然等待很忧烦

可忧烦的思念更甘甜

虽然思念会难眠

难眠的思念更缠绵

请她等你到秋天

深情的秋天在眼前

深情的秋天好斑斓

写于：2018 年 08 月 02 日

爱心有报缘有轮回

当枫叶一片片凋零

你不叹息

因为你知道

它将化作护花的春泥

当思念一次次来袭

你不诧异

因为你知道

在你的心中始终珍藏着她的美丽

当长风一次次吹动你的花发

你不后退

因为你知道

那风中有她从远方捎来的信息

当秋雨一次次打湿你的衣裳

你不躲避

因为你知道

那绵绵细雨是她思念的泪滴

当雪花纷飞大雪漫地

你独处雪中却十分惬意

因为你坚信

爱心有报

缘有轮回

写于：2021 年 11 月 20 日

深山里的思念

你在深山缓步向前

蔚蓝的天空白云飞旋

小溪潺潺绕你身边

你又在这里

把她怀想把她思念

279

这里有蜂飞蝶舞

这里有花好月圆

她的身影似在眼前

你刻在岩石上的诗篇依稀可见

虽然久未相见

笑声仍在耳边

你的誓言不会改变

你的思念永在心间

你在深山缓步向前

永不停步永无终点

写于：2020 年 12 月 14 日

送别

那年送她时

你掬起一杯家乡的井水

不为她喝

只为映出她青春的容颜

那年送她时

你吹奏一曲恋歌

不为她听

只为留下你撕裂的心声

那年送她时

你采下一枚鲜红的枫叶

不为她藏

只为让她不忘家乡的美景

那年送她时

你送她一支精制的短笛

不为她学

只为让她记住那笛中的恋曲声声

那年送她时

雁已南去秋已凋零

频频摇手

泪珠儿晶莹

哪知那次相送

竟是你们的永别的航程

写于：2020 年 10 月 22 日

你的衷肠

柔柔月光

沁满了书房

点点星光

挂满了夜窗

孤灯斜影

你思念着过往

滴答的钟声

把三更敲响

你把分别时

她送给你的金笔

浸满月光

蘸着花瓣上的露珠儿

为她书写着诗行

你要让诗中的字字句句

都带着玫瑰的芬芳

你知道

当她收到你的诗行

定会点燃满天的星光

在星光下品读你的衷肠

你希望她能

尽享你诗中的花香

思念你诗中的故乡

在异国他乡

只要她幸福安康

就是

你的希望

你的衷肠

写于：2018 年 03 月 01 日

静夜里的忧伤

在水一方

流淌着情的忧伤

那是你痴痴的思念

在静夜里的吟唱

幽静的夜晚

洒满了银色的月光

柔柔的秋风

送来了相思的清凉

不愿想起又怎能相忘

在昔日的月光下

你们相伴相随身影成双

她白衣蓝裙秀发如黛素手如霜

在这月朗星稀的夜晚

你仿佛看到了她俊秀的面庞

和你用手撩起的时光

你收起了苦苦的思念

任由思绪涟漪般地流淌

那幸福的回忆
那难忘的时光
在这初秋的静夜里
一滴一点地
涌进了你又苦又涩的心房

写于：2017 年 08 月 23 日

你的心儿在远方

她的美丽如天香
你的爱恋成痴狂
她去留学到异国
你的思念在故乡

倩影留在你心房
泪水淌在你脸上
往事如烟秋叶黄
你的思念痛断肠

枯叶儿落在树根旁
心上的人儿在何方
小溪流水日夜响

鸿雁南飞又返乡

她人一去无踪影
双目望穿秋水长
她若相忘你不忘
你把诺言锁心上
月缺月圆你独守
你的心儿在远方

写于：2018 年 12 月 15 日

秋风为你而歌

秋风为你而歌
鸿雁为你而行
细雨为你而落
秋叶为你而红

秋菊为你而开
小鸟为你而鸣
佳酿为你而香
月光为你而明

编织一条七色的彩虹
把两颗心儿相连相融

谱写一首痴情的恋曲

让相亲相爱永远真诚

纵有千山万水阻隔

你坚信纯真的爱

也能穿越宇宙时空

你说这不是美丽的梦

这是爱的永恒

写于：2018 年 10 月 15 日

爱的恋曲

你们的离别

在鲜花盛开的季节

你把一片离愁

叠成一只只蝴蝶

你把它们放飞

放飞在这缤纷的世界

成双成对的蝴蝶

在芬芳的花海里停歇

望着一对对蝴蝶

相伴相随形影不离

你就想起了她的美丽

你就想起了她的别离

蓝天上白云似锦

草地上小花艳丽

那盛开的山梅

正如她的柔情妩媚

她在离别时挥手

你在花海里哭泣

你的心早已随她而去

花朵上洒满了你的泪滴

千山万水怎能阻隔

心灵之谊

千里万里岂能切断

爱的情意

天上的白云似她的美丽

地上的花朵似你的爱意

一只短笛永远吹着

爱的恋曲

写于：2018 年 04 月 29 日

相伴

如果我是一朵花
我愿开在夜幕降临的傍晚
让我的芬芳伴着你的思念
直到永远

如果我是一棵草
我愿长在你门前悠长的路边
送你出门迎你归来
我会感到心甜

如果我是一阵风
我愿吹过你黎明的窗前
载着你清晨的激情
一起飞到地角天边

如果我是一场雨
我愿飘洒在你幽静的小院
轻打你喜爱的牡丹
助兴你写出优雅的诗篇

如果我是一轮明月
我愿挂在你的屋檐
照亮你的书房
照亮你的诗卷

如果有一天我变成了一粒尘埃
我也会落在你的诗笺
永远与你的文字相伴
永远为你的诗文点赞

写于：2016 年 06 月 05 日

晚霞中的枫林

当长风吹落了最后一枚枫叶
山林小路铺满了枫红
晚霞里是谁吹起忧伤的笛声
让你深深的思念又在心海里涌动

你走在幽静的小林中
心儿飞向了遥远的天空
你轻问心中的她
这些年你还好吗？

你告诉她
家乡已飘起了雪花
山脚下的那片枫林
红叶已落尽
那条山林小路
又成了红白相间的风景

284

你站在那棵高高的枫树下

把她的那件红色风衣

依旧披在了树干上的一缕晚霞中

看着它你就看到了她的倩影和娇容

看着它你的耳边就回荡起她的细语柔

声：

我喜欢在枫林里看枫叶的飘零

我喜欢在晚霞中看天上的胭脂红

你深情地告诉她

这些年每到这个时候

你都会带上那件风衣

在这幽静的枫林里

和她一起看枫叶飘零

一起看天上的胭脂红

只是那回家的路

没有了熟悉的身影

没有了熟悉的娇容

只有那件风衣

伴着你的泪水

在夜幕中独行

写于：2016 年 12 月 09 日

朦胧的夜晚

天上星儿闪闪

地上风儿暖暖

清水湖荡漾着朦胧的夜晚

小林寂静

鸟儿入眠

只有入湖的山泉水声潺潺

你把身影倒映在湖面

旁边少了另一个容颜

虽然你泪水涟涟

却依然祝福她

在异国他乡幸福康健

天上星儿闪闪

地上风儿暖暖

清水湖荡漾着朦胧的夜晚

笛声渐远游人已散

只有夜行的飞鸟穿梭不断

你吟诵情诗荡漾湖面

没有了亲昵的和声再现

爱的承诺情的夙愿

依然化作你不变的誓言：

真情永存真爱不变

写于：2018 年 02 月 28 日

湖边的夜晚

当柔柔夕阳漫步在山巅
多情的晚霞染红了冰封的湖面
在这宁静的夜晚
你孤独的身影踏着遥远的思念

云中月儿弯弯
空中炮声连连
又是一个忧心的年关
但愿你的期盼
不再是一场空欢

你把希望寄托苍天
你把相思诉说湖面
缠绵的夜晚
多少情丝又充满心间

银河里星光点点
湖面上寒风拂面
在这苦苦相思的夜晚
泪珠儿打湿了你的衣衫

当夕阳走下山巅
晚霞隐去了红颜
在这宁静的夜晚
你的思念啊
又飞向了遥远的天边

写于：2018 年 02 月 12 日

痴心的爱

风儿已吹到了天涯
云儿已飘过了海角
你的相思是否带到？
鸿雁南去又北归
你的书信捎没捎到？

仰望星空星光闪耀
遥望月亮月亮微笑
难道难道
他们也将你嘲笑？

那年相送难舍难分
渡船远去频频手摇
离别的情景
始终在你心头萦绕

春去夏来秋去冬到

月缺月圆雪落雪消

你的思念如火燃烧

你的承诺从未动摇

天地悠悠情海漫漫

你的痴心谁人知晓

你的真爱谁人知道？

写于：2018 年 09 月 04 日

雪落春夜

东风过，西风弱，

雪花飘来梅花落。

梅花落，在春夜，

多少相思多少心血，

夜，夜，夜！

帘下坐，星闪烁，

漫天雪花云遮月。

灯一盏，诗一撅，

海誓山盟，怎能忘却。

阅，阅，阅！

写于：2017 年 02 月 17 日

在水一方

在水一方有你心爱的姑娘

美丽的眼睛红红的面庞

她性格开朗心地善良

她声音柔美笑声朗朗

每当夜深人静

你总要把她念想

她的温柔堪比月光

她的美丽犹如朝阳

她的话语暖你心房

她的歌声入你柔肠

因为有她你感到幸福绵长

因为有她你总是心花怒放

今生今世你愿与她共诉衷肠

每时每刻你都祝她幸福安康

不管山高水长不管地老大荒

你的心儿永远守在她的身旁

写于：2017 年 04 月 25 日

七月的相约

幽静的夜空
挂着一轮弯弯的月亮
满天的星斗
闪烁着迷人的柔光

你走在雨后的小路上
河水泛起波浪
小草沁着月光
潮湿的空气里
弥漫着泥土的芳香

在这幽静的晚上
那久别的人儿
又闯进了你孤寂的心房

你柔声默问
久别的人啊
是否还记得
曾经的相约：
在草原最美的七月
去看草原的景色

看雄鹰在蓝天上翱翔
看碧水把白云荡漾

看绿草如茵直铺到远方
看百花婀娜散发着芬芳

听牧羊姑娘的笑声朗朗
听马头琴的乐曲悠扬
听小鸟在花丛中歌唱
听驼铃悦耳的叮当
还有额吉的奶茶
在篝火旁飘荡着清香

如今又是七月的时光
你轻声默问久别的人儿
曾经的相约
是否还记在心上？
草原七月的风光
是否还在心中向往？

写于：2018 年 07 月 19 日

在夕阳落山的地方

在夕阳落山的地方
有你的情在流淌
那是你的思念
那是你的忧伤

自从她离开了故土村庄

自从她到了异国他乡

你的心就飞出了胸膛

你的情就一直在她的身旁

你迷恋西天的晚霞

因为那是她离去的方向

你沉醉于柔柔的夕阳

因为夕阳能在晚霞里

映出她的模样

在美丽的晚霞里

你能看到她飘逸的长发

淡雅的晚装

和她那俊秀的脸庞

你用你的笛声

迎来晚霞的初上

你用你的笛声

送走下山的夕阳

独行的路上

你没有觉得清冷

孤寂小屋

你也没感到凄凉

因为你坚守着爱的承诺

因为你没有改变爱的方向

写于：2017 年 03 月 26 日

你请风儿慢慢吹

你请风儿慢慢吹

你求风儿帮帮你

你说你心上的人儿在晚霞里

她粉红的面庞粉红的衣

心地善良又美丽

你求风儿把你的相思捎过去

家乡的河水起涟漪

岸边的杨柳换新衣

青青的小草绿满地

北归的鸿雁水中戏

小花开在春风里

蝴蝶飞来又飞去

你在岸边绿草地

你心上的人儿在晚霞里

你用乳名高声喊

她回眸一笑又离去

你热泪淌入春江水

沙滩写下相思句

你身依春柳奏短笛

痴情化作相思曲

写于：2017 年 03 月 16 日

雨中的思念

细雨淋湿了你的衣衫

泪水浸透了你的心田

抬头望望天

雨点打湿了你的眼

路灯下面

没有车辆没有行人

只有一行盛开的牡丹

在雨中与你相伴

你问牡丹

现在是黎明还是傍晚

牡丹笑而不言

好像是笑你痴

又像是笑你憨

雨中的路灯很昏暗

只有无声的电闪

划破遥远的天边

你把远方遥望

等待那电闪的瞬间

去寻觅你熟悉的身影

去捕捉她美丽的容颜

牡丹的芳香

弥漫在你的身边

艳丽的花朵

绽放在你的眼前

你忽然看到在牡丹的花蕊里

也有多情的泪水

在花瓣上滴滴涟涟

写于：2017 年 07 月 22 日

一把粉红的伞

一把粉红的伞

打在细雨濛濛的湖边

湖中的荷花争奇斗艳

湖中的鱼儿嬉戏着雨天

粉红的伞儿

像一朵荷莲

随风飘出水面

一闪一闪移动在湖畔

伞下恋人同撑一把伞

像一对蝴蝶

在荷塘边流连

脚步慢慢话语甜甜

那是一把爱情的伞

伞下的人儿

手挽手肩并肩

情深深意绵绵

伞下无雨也无风

只有天长地久海誓山盟

岁月如梭时光荏苒

那逝去的光阴

那曾经的画面

那褪色的花伞

是你一生的牵念

是你不忘的爱恋

写于：2018 年 04 月 02 日

你的思念（一）

你的思念

是三月里盛开的白玉兰

花开在庭院校园

香飘在地角天边

你的思念

是春天里怒放的桃花园

如火的花海

燃烧着白云蓝天

你的思念

是深山里涓涓流淌的清泉

你要汇入江河

变成大海的波澜

你的思念

是故乡的袅袅炊烟

你要带着美味香甜

寻她到万水千山

你的思念

是白云里的一只孤雁

无论南去北归

都把不变的爱恋呼唤

你的思念

是银河里的一叶白帆

在浩瀚的水面上飘啊飘啊

飘向你心中的港湾

写于：2018 年 04 月 03 日

你的思念（二）

你的思念

是一条溪流

默默地将爱倾诉

你的思念

是夜半无眠

把她的音容笑貌回顾

你的思念

是腮上的泪珠

擦了又擦流了又流

你的思念

是默默地坚守

坚守寂寞坚守孤独

你的思念

是泪水酿制的苦酒

等她归来不醉不休

你的思念

是你种下的相思豆

结满了你的心头

挂满了你的灵魂深处

写于：2019 年 02 月 12 日

小雨啊小雨

小雨呀小雨

怎么还在下

难道你忘了

他要上山

去看日出和早霞

小雨呀小雨

快停停吧

路这么滑

雾又这么大

让他如何去看日出和早霞

小雨呀小雨

你淅淅沥沥飘飘洒洒

已经下了三天了

看不到日出也就罢了

可你偏偏又让他想起了她

想起了她就想起

分别时犹如一幅画

雨中站着他

雾中走着她

频频地挥手

没说出一句话

她远远地回眸

他默默地泪下

写于：2017 年 05 月 20 日

如果小雨会说话

如果小雨会说话

我要亲切地赞美它

赞它把大爱化春雨

浇灌田园与庄稼

千家万户获丰收

让我怎能不赞它

小雨真的说话了

就在那棵枫树下

诗人诗人莫谬夸

那不是我把大爱化春雨

那是我歉疚的泪水在飘洒

五百年前的爱情债

我要用泪水偿还他（她）

不求他（她）能原谅我

只愿天下的有情人

忠于爱情忠于他（她）

在天应做比翼鸟

在地永做并蒂花

写于：2017 年 09 月 20 日

飘雪的冬夜

飘雪的冬夜很静

静的像一个无声的世界

飘舞的雪花缓缓落地

覆盖了茫茫的原野

也覆盖了刚刚留下的足迹

你漫步在落雪的草地

风儿已经睡去

鸟儿还在梦里

只有冰层下的河水

吟诵着相思曲慢慢东去

你踏着松软的雪地

把相思揉进回忆里

回忆那飘雪的冬夜

回忆那雪地上的诗意画意

你吟诵唐诗宋词

她填写旧词新意

你在雪地上画了牛郎织女

她在画旁题写了诗句

你笑她的黑发染白

她赞你在雪花里的帅气

啊！曾经的雪夜

多么迷人多么甜蜜

可如今她在哪里？

难道难道她忘了这雪夜的美丽？

忘了在这雪地上

你们写下的那一首首诗句？

写于：2017 年 01 月 05 日

重阳之夜

月亮初上追赶着夕阳

温柔的月光拥抱着霞光

深蓝色的天空白云飘荡

云中的鸿雁啼唤重阳

漫山的枫林

不畏晚风的清凉

如火的枫叶闪着红光

林中的小鸟已入梦乡

忧伤的笛声响在耳旁

月光如水水映月光

潺潺的流水诉说着过往

打开思念的闸门

多少往事又涌入心房

心上的人啊你在何方？

今又重阳你可安康？

人在两地山高水长

天各一方同在重阳

一片深情在秋水中流淌

一腔相思托鸿雁带向远方

写于：2017 年 10 月 23 日

风雨同行走向远方

你的心像大海一样宽广
你的情怀像蓝天一样晴朗
你的友谊像白云一样绵长
你的真诚像宝石一样发光

你像蜡烛
燃烧自己把别人照亮
你像清泉
带着甘甜流向远方
你像月亮
不畏寂寞把暗夜照亮
你像星斗
永远闪烁温柔的光芒

我不知道你是否也有忧伤
也不知道你是否也有泪水流淌
难道你的忧伤总是自我珍藏
你的泪水只对着夜晚的月亮

你的肝胆照亮了我的心房
你的纯真把我的人生激荡

你的人品已融入我的胸膛
你的高尚已成为我的榜样

我要为你点赞
为你歌唱
我要与你风雨同行走向远方

写于：2016 年 11 月 26 日

思念总是魂牵梦萦

岁月可以流失
伤痕却难以抚平
光阴可以飞逝
思念却魂牵梦萦

人生的相逢
有的渐行渐远
有的朦朦胧胧
始终不忘的
才是纯洁的真情

来也匆匆
去也匆匆
这就是人生

请把真情留下

请把伤痕抚平

让人生不留遗憾

让真情永驻心灵

写于：2019 年 10 月 07 日

荡漾在耳边的缘

你在水的源头

我在水的尽头

没有聚喜

没有离愁

却有着天天的问候

你在文字里耕耘

我在声音里播种

没有相拥

没有握手

却有着日日的相守

你在诗海里畅游

我在锦文里游走

你在天涯

我在海角

一片真情依然深厚

你的文字在笔下生花

我的诵读在耳边萦绕

不分五湖

不分四海

我们都为美好的事物付出

我们之间隔着

千百条荡漾的河流

河水漂着真情的小舟

河岸布满友谊的渡口

写于：2022 年 01 月 01 日

三月的雨

三月的雨

点点滴滴淅淅沥沥

虽说已是春天

依然伴着洁白的花絮

那不是花絮

那是离别的雪花在挥泪

那是冬与春的情意

飘舞的雪花

没有落地

落下的是她留恋的泪滴

那泪滴

化做柔柔的小雨

洒向春天的大地

洒向人们的心里

我多想和小雨一起去飘逸

飘过森林飘过草地

飘过重洋飘过他乡异域

用我的痴心

把世间的友谊播洒

用我的执着

把春天的喜讯传递

写于：2019 年 03 月 20 日

愿洒真情在人间

风漫四野天送寒

金樽对雪带笑颜

日月如梭时如箭

冬至去时又一年

心怀挚友光阴短

话语声声荡耳边

情如手足应无憾

愿洒真情在人间

写于：2016 年 12 月 12 日

知心好友

知心好友

总是长长地离短短地聚

聚时欣欣离时依依

往昔时光

是甜蜜的回忆

未来憧憬

是心底的鼓励

纯洁友谊

不用刻意描绘

真正的情感

无须美言点缀

知心好友

没有尊卑没有相欺

297

只有肝胆相照
一腔诚意

这就是人间最美的净土
这就是情感中最纯的友谊

写于：2017 年 02 月 02 日

夜半怎扰读书人

霜降时节天色阴
孤灯名著夜深沉
忽念挚友可安好
夜半怎扰读书人

写于：2016 年 10 月 23 日

永把真情放心上

初秋傍晚幽静清凉
送走夕阳迎来月光
小河流水潺潺东去
柔柔月光涌入心房

我静坐河旁把世事随想
几多欣喜几多忧伤
前进之路总有崎岖
朋友相处也难免心伤

这也许是人生的必然
这也许是磨炼意志的坚强

山有山的翅膀
海有海的胸膛
你喜欢旭日
他热爱夕阳
你喜欢繁星
他钟爱月亮
这一切又有谁
能说它不属于正常

但我却愿
真情地久天长
友谊如花绽放
把真情永放心上
让人生坦坦荡荡

写于：2017 年 09 月 10 日

红红的中国结

带上这个中国结

那是家乡最美的颜色

无论你走到哪里

都会感到家乡的亲切

带上这个中国结

那是你美丽的笑靥

日思夜想的深情

凝成了赤子的心血

带上这个中国结

那是你我的契约

你在异国把家乡怀念

我在家乡把红豆采撷

带上这个中国结

那是我们共同的血液

纵有千山万水之隔

也会有温馨地慰藉

带上这个中国结

那是我邀你的请帖

等你归来

让我们共同高歌

高歌祖国的繁荣和谐

带上这个中国结

那是我们永恒的情结

只要珍藏在心

无论人在哪里

我们都没有分别

写于：2018 年 07 月 01 日

幸福

草在春风里

勃勃地生长

草是幸福的

花在阳光下

静静地绽放

花是幸福的

鸟在蓝天上

自由地飞翔

鸟是幸福的

泉在大山里

涓涓地流淌

泉是幸福的

我在月光下

把你默默怀想

我是幸福的

你在遥远的地方

遥望故乡的月亮

愿你也是幸福的

写于：2020 年 10 月 25 日

后记

　　退休以后，赋闲在家，自感身体还好，精力也还旺盛，就想着干点什么，不能虚度光阴。于是，我便拿起笔，决定将自己一生的所经所历，所感所悟写成小诗歌小散文，一事一记，一事一议。心想，如果有一天出版一本书，老了拿起来看看，或许也是一种欣慰，留给家人和子孙，也许对他们也能起到一点借鉴和鞭策作用，就这样，历经十年的努力，终于完成并出版了这本书！

　　由于水平所限，书中一定会有这样那样的缺点和错误，欢迎读者批评指正！

　　在此书的写作和出版过程中，得到了亲朋好友及家人的热情鼓励和大力支持！为此，让我对上海文艺出版社责编徐如麒先生、毛静彦女士，还有张文龙先生、唐根华先生、陈剑萍女士，以及成世华、康生龙、明占先、田家屏、程秀兰、刘广仁、刘云平、刘广智、刘素梅、王军、王一帆、赵晨曦、刘子墨等表示最诚挚的感谢。

华礼

2025 年 7 月 16 日